저는 무대 뒤에 있습니다

공연 연출가 명승원 에세이

프롤로그
_ 명확히 승부수를 던져 원하는 것을 얻는 사람

명확히

승부수를 던져

원하는 것을 얻는 사람

명승원입니다!

스무 살 무렵. 자기소개를 할 기회가 있으면 난 늘 내 이름 석 자로 만든 삼행시를 적었다. 누군가는 유치하다 놀렸지만, 생각보다 삼행시의 위력은 엄청났다. 이것은 인생에 기회라는 문이 앞에 나타날 때면 늘 그 문을 열 수 있는 열쇠가 되어주었다.

난 대단한 사람도, 엄청난 천재도 아니다. 이것은 지금도 유효하다. 나 같은 보통 사람이 할 수 있는 것은 기회가 나타

날 때까지 꾸준히 하고 싶은 일을 하는 것. 그것뿐이었다. 그렇게 하다 보니 인디밴드부터 아이돌 콘서트까지 다양한 콘서트를 연출하는 행운을 얻을 수 있었다.

난 대중음악 콘서트 연출가다.

누구나 알다시피 코로나 바이러스로 인해 직격탄을 맞은 직업이다. 1년 내내 꽉꽉 채워져 있던 공연 계획들은 일순간에 줄줄이 취소되었다. 나뿐만 아니라 업계에 있는 동료들 모두가 얼어붙었다. 금방이면 끝날 것 같던 이 순간들이 어쩌면 영원할 수도 있을 것 같다는 두려움도 느꼈다. 하지만 난 늘 어려움이 있을 때마다 한 가지를 잊지 않았다. 바로 '하고 싶은 일을 하는 것'이다. 어려우면 어려울수록 하고 싶은 일을 하는 것이 답이라고 생각했다. 이 글은 내가 이 길에 들어서게 된 순간들과 나에게 기회가 왔을 때 어떤 일이 있었는지 되돌아보며 쓴 기록이다.

나의 이 기록이 지금을 힘들어하는 이들에게 힘이 되길 바란다.

해외 투어로 일본에 가는 비행기 안에서 **명승원** 올림

차례

제공: IST엔터테인먼트

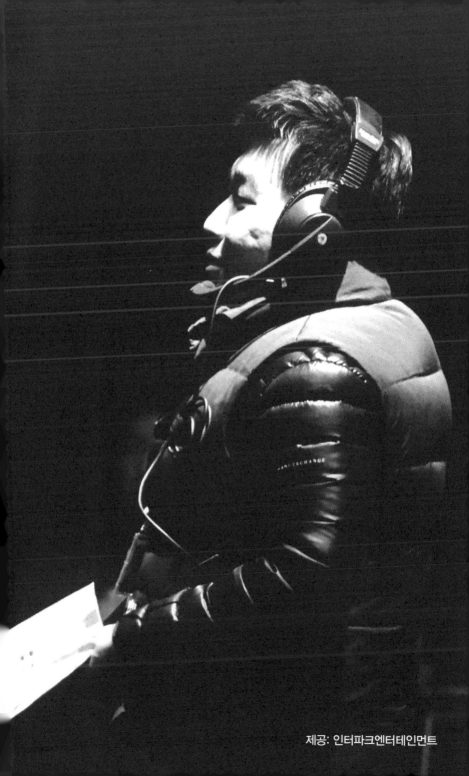

제공: 인터파크엔터테인먼트

2008년 추운 겨울의 어느 날

때는 2008년 겨울. 최악의 해였다. 미국 발(發) 금융위기가 전 세계 경제에 큰 타격을 줬다. 어느 날. 아버지가 날 부르셨다. 난 아버지 앞에 앉았다. 잠시 땅을 쳐다보던 아버지는 이내 고개를 힘겹게 드시고 입을 열었다.

"승원아. 지금까지는 어떻게든 등록금을 해줬지만 아무래도 앞으로는 힘들 것 같구나. 다음 학기부터는 네가 벌어서 내야겠다. 할 수 있겠니?"

다 큰 성인이 등록금을 받아 쓰는 것도 좀 그랬다. 게다가 당시 난 막 제대한 참이었다. 스스로 무엇이든 할 수 있을 것 같았다.

"그럼요. 아버지. 걱정하지 마세요. 지금까지 해주신 것만으로도 얼마나 감사한데요. 신경 쓰지 마세요. 저 오라는 곳 많아요."라며 밝게 아버지께 말씀드렸다.

"그래, 고맙구나."

자신감은 넘쳤지만 세상은 녹록하지 않았다. 거듭된 알바 구하기에 실패한 나는 기말고사를 보러 가는 버스 안에서 친구에게 전화했다.

"야, 나 잠깐만 너네 집에서 살면 안 되냐?"

잠시 정적이 흘렀다. 하지만 이내 들려오는 심심한 한 마디.

"그래라. 그럼."

그렇게 길고 긴 방학과 휴학이 시작되었고, 나는 휴학생 신분으로 할 수 있는 일들을 찾아보기 시작했다. 잡코리아, 사람인, 알바천국을 뒤지며 어디 괜찮은 일자리가 있는지 몇 시간이고 찾아 헤맸다. 사실 마음에 드는 일자리를 구하는 것이 어려웠다. 그럼에도 스스로 세운 한 가지 원칙이 있었는데, 바로 '내가 하고 싶은 마음이 드는 일일 것'이었다. 세상에 내 마음에 쏙 드는 일이 어디 있겠느냐마는 그 마음 하나만은 간절했다.

나는 마치 청룡언월도를 든 장비처럼 한 손에는 마우스를 잡고 구직사이트에서 일할 곳을 찾기 시작했다.

[○○○ 엔터테인먼트에서 인재를 기다립니다.]

조건: 매사에 긍정적인 분, 시간에 구애받지 않는 분, 열

정적으로 일할 수 있는 분….

모든 조건이 나, 명승원을 가리키고 있었다. 마치 하늘에
서 내려준 천직 같다는 생각마저 들었다. 난 뒤도 돌아보지
않고 입사 지원서를 클릭했다. 그리고 적어나갔다.

「안녕하십니까! 명확히 승부수를 던져 원하는 것을 얻는 사람

명승원입니다!_」

피가 다른 사람들

이력서를 쓰고 3주 정도 지났다. 그동안 이력서를 넣어둔 몇몇 회사에서 연락이 오지 않았다. 사실 한 달여 정도 지났으면 떨어졌다고 봐도 무방했다. 그렇게 1월 말 즈음. 광화문을 걷고 있었는데 왼쪽 바지 주머니 안에서 진동이 느껴졌다. 서둘러 꺼내서 액정을 확인하니 모르는 번호였다. 무심결에 전화를 받았다.

"여보세요."

"명승원 씨 되시죠? 지원하셨던 ○○○엔터테인먼트에요."

"네! 안녕하세요!"

"지금 어디 계세요?"

"저, 지금 광화문인데요."

"지금 바로 좀 볼 수 있어요? 얼마나 걸리죠?"

"글쎄요. 30분 정도 걸릴 것 같은데요. 10분 안쪽으로 끊어보겠습니다!"

내 말을 들은 그의 호탕한 웃음소리가 들렸다.

"하하하! 그래요. 조금 뒤에 봅시다!"

이 한 통의 전화통화가 내 운명을 바꾸어 놓았다. 난 그길로 택시를 잡아타고 광화문에서 여의도로 향했다. 정신없이 도착해서 회사가 어떻게 생겼는지 어떻게 들어갔는지 기억도 나지 않는다. 그저 내가 달렸다는 기억만 있다. 눈앞에 보이는 문을 급하게 열고 들어갔다.

"안녕하십니까! 지원자 명승원입니다!"

놀란 안내 데스크 직원이 대표실로 안내했다. 문을 열고 들어서자 약 마흔 중반으로 보이는 남성이 날 기다리고 있었다. 그가 나를 의자로 안내하며 말했다.

"어서 오세요. 명승원 씨. 기다리고 있었습니다. 명확히 승부수를 던져 원하는 것을 얻는 사람이라고 했죠?"

그는 내 이력서 제목을 먼저 꺼냈다. 이어 제목에 이끌려 이력서를 열었고 전화까지 걸게 되었다는 것이었다. 그가 말을 이었다.

"사실 이쪽에서 일하는 사람들은 피가 달라요. 별별 꼴들이 다 있죠. 때문에 얼마 못가서 그만두는 사람들이 많아요. 그래도 할 수 있겠어요?"

그의 말에 잠시 생각하다 답했다.

"저도 피가 다른 사람입니다."

대표님이 웃으며 말했다.

"하하하. 그래 보이는군요. 좋습니다. 설 지나고 출근하는 걸로 하죠!"

"감사합니다!"

어렸을 때 나는 또래 아이들이 즐겨보는 만화에는 크게 관심이 없었다. 대신 나는 소방차, 김건모, 신승훈 등이 나오는 가요톱텐을 즐겨보는 꼬맹이었다. 또 내가 초등학교 1학년 때 용돈을 모아 가장 처음으로 산 음반은 서태지와 아이들 1집이었고, 처음으로 산 굿즈는 서태지와 아이들 종이 지갑이었다. 똑똑히 기억한다. 그때 내 심장은 뜨거웠고 설렘으로 두근거렸다. 게다가 음악을 좋아하는 어머니 덕에 한국 대중가요 명반들을 듣고 자랐다. 초등학교 2학년 때 가장 좋아하는 곡이 〈김건모 2집 얼굴〉이었다. 몇십 년이 지금도 가사가 다 기억이 날 정도로 좋아하는 곡이다.

초등학교 저학년 시절을 이렇게 보내고 나니 초등학교 고학년이 된 후 처음 적어본 장래희망은 바로 PD였다. 그 어린 꼬맹이가 교보문고에 가서 PD 직업에 관련된 두꺼운 책을 사서 읽었으니…. 중학교 때부터 교내 스쿨밴드를 했고, 고등학교 때는 우리 밴드가 학교 체육관에서 크리스마스 콘서트를 했다. 물론 내가 기획을 했고, 포스터를 만들어서 길거리에 붙이고, 티켓을 인쇄해서 티켓을 팔았다. 물론 부모님들과 친구들이 강제로 티켓을 사주었지만, 고등학생들이 몇십만 원을 벌어서 기부까지 했다.

그렇게 2009년 2월, 나는 생에 첫 직장을 공연 기획사로 입사하게 되었고, 그때부터 피가 다른 사람들과 함께 일하게 되었다.

아이스라떼 & 아이스바닐라라떼

물 만난 물고기라는 말이 이런 것일까? 하루하루가 너무 행복했고, 이런 회사에 다닌다는 게, 내가 공연 기획자가 되었다는 게 믿기지 않아서 새벽에 잠을 설치곤 했다. 이렇게 행복한 일을 하는데 월급까지 받고 다니니 나는 최고의 직장을 찾은 듯했다(물론 월급은 상상한 것보다 한참 모자랐다). 퇴근하기 싫어서 회사에서 잠을 자는 경우도 허다했다. 기존에 그 회사에 있던 직원들이 나를 인정해주는데도 시간이 그리 오래 걸리지는 않았다. 심지어 직원들 사이에서 내가 그 회사를 물려받을 것 같다는 얘기들이 오갈 정도로 나는 그 회사를 위해, 아니 이 일을 하면서 즐거워하는 나를 위해 요즘 말로 '뽕을 맞은' 상태로 일했다.

드디어 나의 공식적인 첫 번째 프로젝트가 시작됐다. 2009년에 대한민국에서 빼놓을 수 없는 사람이 있다. 예능계의 최고의 블루칩으로 활약한 '부활의 김태원' 님이다. TV만 틀면 김태원 님이 나오던 때였는데, 운이 좋게도 공연 기획자로서 내 첫 번째 프로젝트가 바로 부활 25주년 콘서트였다. 회사의 마해민 실장님(이 분은 후에 이직한 회사 대표님이 되고 내 인생의 멘토가 된다.)이 기획하신 콘서트의 부사수로 그 공연의 서브 PD가 되었다.

처음으로 공연 소개 글도 써보았다. 공연을 기획하면 입장권을 티켓사이트에 오픈하게 되고, 입장권을 오픈하기 위해서는 그 공연의 소개 글이 필요했다. 물론 지금도 그렇다. 글 하나에 예매율이 바뀌고, 결과들이 달라졌다. 무엇보다 이 공연을 보러 오는 관객들의 기대치가 달라지는 문제이기도 했다. 그때부터 나는 김태원 님이 나온 예능들을 모조리 몰아 보고, 부활의 음악을 밤새 들었다. 부활의 공식 팬 카페에 새로운 글들이 있는지 하루에 열두 번도 더 들락거리며 그 공연 소개 글 하나에 집중했다. '이게 그렇게까지 할 일인가.' 싶을 정도로 내 모든 관심사를 이 공연 소개 글에 집중했다. 그렇게 해서 나온 공연 소개는 다음과 같다.

【부활 〈리더 김태원(기타), 정동하(보컬), 채제민(드럼), 서재혁(베이스)〉의 리더 김태원 특유의 감수성으로 대한민국 Rock의 중심에 서 있었던 전설의 밴드 부활이 데뷔 25주년을 맞이해 "그리워하면 언젠가 만나게 되는 콘서트"를 그동안 함께해준 팬들에게 선사한다.】

기타리스트이자 작곡가인 리더 김태원으로 대표되는 대한민국 밴드 음악의 레전드(Legend) 부활. 1986년 〈록 윌 네버다이〉라는 의미심장한 타이틀의 음반으로 역사를 시작하여, 〈희야〉, 〈비와 당신의 이야기〉, 〈사랑할수록〉, 〈네버엔딩 스토리〉 등 수많은 히트곡을 쏟아내며 김종서, 이승철 등을 배출해내기도 하였다.

예능계의 신성으로 떠오른 리더 김태원의 모습이 TV에서 다소 재밌게 보일 수도 있지만 그의 음악을 듣는 순간 결코 재밌기만 한 사람이 아니란 것을 느끼게 될 것이다. 가슴 깊은 곳에서 우러나오는 진정한 사랑과 이별의 그리움을 그만의 세계에서 표현해내는 리더 김태원. 그는 사람들에게 항상 이야기한다.

"난 음악 하는 사람입니다."

「매일을 곱씹어 음미해도 장면 장면이 멈추질 않아 그 후유증에 며칠을 앓아누울 지경입니다.」(ID: 사랑이)

「제가 본 어떤 공연들보다도 따뜻하고 감동적이고 아주 역동적이었습니다.」(ID: 파라쏠파미)

「우연히 데려간 부활 콘서트, 제 여자친구가 부활에 빠져버렸어요.」(ID: kyung2)

「그 날의 감동을 말로 표현한다는 것은 정말 어려운 일, 그만큼 표현하기조차 힘들어 다음 공연을 보라고 하고 싶네요.」(ID: zzang9s77)

「일상에 찌들어 잊혀가던 그 그룹이 다시금 내 기억에서 부활합니다. 사랑합니다, 부활.」(ID: sugaro)

【이번 부활 25주년 기념 특별 공연에서는 부활의 25년 역사를 〈비와 당신의 이야기〉〈사랑할수록〉〈네버엔딩 스토리〉 등을 비롯한 부활의 수많은 히트곡과

함께 회상하는 자리가 마련될 것이다. 그동안 가슴으로 부활을 그리워 한 사람들을 위한 25주년 기념 특별 공연]

무슨 카피라이터라도 되는 것처럼 굉장히 비장하게 한 글자, 한 글자 써 내려갔다. 부족한 점이 많았겠지만, 지금 봐도 공연기획자의 애정이 느껴지는 공연 소개 글이다.

그렇게 부활의 25주년 기념 공연은 티켓 오픈 단 몇 시간 만에 매진을 기록했고, 공연 준비에 돌입하게 됐다. 공연 준비는 그리 특별할 것이 없었다. 나는 공연 기획사 직원 신분으로 연습을 참관했다. 연습실에 갈 때는 항상 간식거리와 음료를 사 가야 했다. 그게 공연 기획사가 맡은 하나의 역할이었다. 영등포구청에 있는 밴드 연습실 앞에는 편의점 하나가 있었다. 연습실에 가기 전에 커피믹스, 과자 등 간식과 아이스커피를 테이크 아웃해서 연습실에 갔다. 대충 어떤 간식을 사 가야 하는지는 설명을 들어서 알고 있었지만, 어떤 브랜드를 사 가야 할지 몰라 가장 싼 것들 위주로 골랐다. 그때는 회사의 돈을 조금이나마 아끼는 것이 최고의 직원이라고 생각했다.

부활 멤버분들도 나를 예뻐해주었다. 그도 그럴 것이 나이 어린 직원이 항상 졸졸 따라다니면서 조금이라도 더 챙기려는 모습을 보였으니 그렇지 않았을까 생각한다. 두 번째 연습이었나? 멤버분들 중 한 분이 쉬는 시간에 "승원아, 다음에 커피믹스 사 올 때는 빨간색 말고 노란색으로 사와. 노란색이 더 맛있어."라고 하셨다. 그때 깨달았다. 커피믹스는 빨간색이 아닌 노란색이 최고라는걸. 그리고 보니 모든 기획사 직원들이 커피믹스를 고를 때 노란색 포장의 커피믹스를 샀다. 연습실에 남아 있는 이전 팀의 커피믹스를 관찰해본 결과다.

그때부터 나는 모든 연습실에 있는 간식들의 브랜드와 멤버들이 좋아하는 간식 취향, 선호하는 음료를 외우기 시작했다. 커피 주문을 받으면 다음번에 꼭 기억했다. 어떤 분은 아이스라떼를 마셨고, 어떤 분은 아메리카노밖에 안 마셨다. 또 다른 분은 꼭 바닐라시럽이 들어간 라떼만 마셨다. 심지어 부활의 밴드에서 세션 연주를 하는 연주자 형이 피우는 담배 종류까지도 기억했다. 그 뒤로 연습실에 갈 때면 내 양손에는 비닐봉지와 커피 캐리어가 들려 있었는데, 한 손에 들려 있던 그 비닐봉지 안에는 노란색 포장의 커피믹스 한 박스와 세션 연주자 형이 피우던 담배가 들어 있었고, 다른 한 손의 커피 캐리어에는 아메리카노와 아이스라떼, 그리고 아이스바닐라

라떼가 들려 있었다. 아이스라떼와 아이스바닐라라떼는 전혀 다른 음료다.

　아직도 난 그들이 무엇을 즐겨 마시고 어떤 담배를 즐겨 피웠는지 명확하게 기억할 수 있다. 이렇게 상대방이 좋아하는 것을 기억하고 있으면 때론 생각지도 못한 결과를 얻을 수도 있다. 하기야 내가 좋아하는 걸 기억했다가 가지고 오는 사람이 어찌 싫을 수 있겠는가.

제 월급, 반납하겠습니다

　고등학교 때부터 흑인음악을 좋아했다. 그래서 그 당시 흑인음악 마니아라면 당연히 가입해야 했던 '알소동카페'(알앤비소울 동영상 카페)에 하루에도 몇 번씩 들락거리며 국내외 흑인음악 동영상을 찾아보곤 했다. 그중에서도 특히 좋아했던 몇몇 그룹이 있는데, 브라운아이드소울, 바이브, 포맨을 정말 좋아했다. 어떤 시디 몇 번 트랙의 제목이 무엇인지, 그리고 그 음악을 들으면 그다음 트랙의 인트로가 생각 날 정도로 많이 들었다.

　부활 콘서트의 감동을 뒤로하고 회사에서 다음 공연을 준비하고 있을 때였다. 하루는 달리는 버스 안에서 포맨이라는 그룹의 '고백'이라는 곡에 심취해 듣고 있었는데 문득 이런 생각이 들었다.

'포맨이 공언하면 얼마를 수고라도 무조건 간다. 근데 이 팀은 왜 공연을 하지 않을까? 나 같이 기다리는 사람이 많을 텐데….' 그리곤 생각했다. '내가 공연 기획사에 다니는데 이 공연을 내가 기획할 수 있지 않을까?'

이 생각을 하고 몇 분도 지나지 않아 회사 실장님께 전화를 걸었다. 포맨이라는 팀이 있는데 이 공연을 꼭 기획해보고 싶다고 했다. 그때 실장님은 "그 정도로 욕심이 있는 공연이면 기획서를 써서 회의를 해보자."라고 하셨다. 역시나 나는 그 길로 회사에 가서 포맨의 첫 콘서트 기획서를 쓰기 시작했고, 그리하여 완성된 기획서의 제목은 〈포맨 1st콘서트 Amazing Soul Story〉였다. 나는 그때 포맨의 공연이 내 눈 앞에 펼쳐진다면 굉장히 어메이징할 것이라고 생각했기 때문이다.

공연 기획사에서 공연을 기획한다는 것은 어찌 보면 당연한 일이지만 한편으론 굉장히 어려운 일이다. 우선 가수들 대부분은 기존에 호흡을 맞춰오던 제작사나 기획사가 있었고 특별한 일이 있지 않은 이상 그 팀과 계속 공연을 하는 것이 당연하게 생각되었다. 그리고 공연이 흥행에 실패한다면 회사

차원에서 금전적인 손실이 발생하기 때문이다. 공연 기획사의 금전적인 손실은 그다음 공연에도 영향을 미칠 수 있고, 직원들의 사기, 나아가서는 회사의 명운을 좌우할 수 있다.

아무튼 나는 내가 쓴 공연 기획서를 대표님 책상 위에 올려놓았다. 그러고는 이 사람들 공연을 꼭 해야 한다고, 한 번만 믿어달라고 했다. 사실 대표님은 포맨이 누구인지도 모르는 상태였다. 그도 그럴 것이 노래는 유명했지만 포맨이라는 가수가 대중적으로 크게 유명하지 않은, 마니아 성향이 강한 그룹이었기 때문이다. 그룹에 대한 긴 설명이 끝난 뒤, 비장한 표정으로 대표님께 마지막 가장 강력한 한 방을 날려야겠다고 생각했다. 대표님을 설득하기 위한 나름의 임기응변이었다.

"이거 실패하면, 실패한 만큼 제 월급 반납하겠습니다."

잠시 정적.

"하하하하!"

곧바로 이어진 대표님 웃음소리.

어린애가 실수한 것을 보고 귀엽다고 하는 듯이 웃어대던 대표님은 네가 그렇게 자신 있어 하는 포맨이라는 그룹의 콘서트를 추진해보자고 하셨고, 나는 그 길로 내 책상에 앉아서 포맨의 콘서트를 내 손으로 기획하기 위한 계획을 세웠다.

진심을 전달하는 나만의 방법

공연 기획서나 제안서를 전달하는 데 있어서 거절을 당하는 것에 익숙해져야 한다. 이유는 내가 제안서를 전달하는 사람은 하루에도 수십 통의 전화를 받으며 많은 사람이 보내는 제안서를 받을 것이며, 그의 업무 메일함에는 새로운 제안서가 쌓여 있을 것이기 때문이다.

나는 그중에 내 제안서를 읽어보게 하는 방법을 고민했다. 먼저 제목을 특이하게 적었다. 수많은 광고성 메일도 제목이 눈에 띄면 클릭하는 경우가 많다. 그래서 제안서를 보낼 때도 나는 제목을 광고처럼 썼다. 예를 들면 "지금 ㅇㅇㅇ 님의 공연을 꼭 해야 하는 시기입니다."처럼 약간의 궁금함을 자아내는 제목으로 썼다.

그리고 제안서의 디자인에 신경을 썼다. 나는 디자인 툴을 잘 다루지 못한다. 지금도 물론 능숙하게 다루지 못하지만, 제안서를 만드는 정도로는 조금 나아진 상태다. 제안서에 디자인이 중요하다는 점은 누구나 인정하는 부분일 것이다. 내가 디자인 툴을 다루지 못한다면? 디자인 툴을 잘 다루는 사람에게 부탁하면 된다. 거의 모든 공연 회사에는 디자인 툴을 다룰 수 있는 사람이 있기 때문에 그 사람에게 부탁하면 된다. 마침 회사에는 미국에서 디자인을 전공한 형(후에 이 형은 대형 엔터테인먼트의 A&R팀장이 된다.)이 있었다. 역시 디자인 전공자라 디자인과 속도 면에서 타의 추종을 불허했다. 그 형에게 내가 생각하는 공연을 설명하고 글로 써서 전달하면 얼마 지나지 않아 고퀄리티의 제안서가 나왔다. 역시 배운 사람은 다르다.

그리고 내가 생각하는 제안서의 핵심은 '제안하는 사람의 진심이 느껴지는가'이다. 미팅을 하기 전까지 내 제안서를 받는 사람은 내가 누구인지, 어떤 사람인지 전혀 알지 못한다. 그렇기 때문에 한 글자, 한 글자에 진심이 담긴 글을 쓰는 것이 중요하다.

다시 포맨 콘서트의 제안서 전달 과정으로 돌아가 보겠다. 나는 담당자에게 전화를 걸어 내 소개를 하고 메일 주소를 받았다. 메일 주소를 받는 것조차도 쉽지 않았기 때문에 그것만으로도 기뻤다. 이후 나는 포맨 콘서트의 제안서를 만들었고, 완성본이 나왔다.

그 이후가 문제였다. 나는 누구보다 간절했고, 누구보다 포맨이라는 팀의 음악을 사랑했고, 누구보다 잘 해낼 자신이 있었다. 그렇지만 이런 마음을 가지고 있다고 해서 비즈니스가 모두 성사되는 것이 아닌 것을 잘 알기 때문에 고민에 고민을 거듭했다. 마침내 나는 사회초년생만 꺼낼 수 있다는 비장의 무기기 패기카드를 꺼내 들었다. 제안서 PPT 마지막 장에 내 지금의 마음을 편지형식으로 적었다. 그 편지를 쓰면서 나도 의아해했다. '이 편지를 보면서 무슨 생각을 할까?' '편지를 읽긴 읽을까?' 수많은 생각을 하며 적어 내려간 편지의 내용은 이랬다.

「 포맨 콘서트 담당자님.

저는 포맨의 음악을 고등학교 때부터 들어왔던 팬입니다.

그래서 누구보다 포맨의 음악을 사랑합니다. 제가 공연 기획사에 입사한 이후 라이브 콘서트라는 장르를 알게 되면서 가수에게 콘서트가 얼마나 중요한지 깨닫고 있습니다.

지금 포맨이라는 팀은 한 번도 라이브 콘서트를 하지 않았습니다. 많은 팬이 포맨의 콘서트를 기다리고 있습니다. 저 또한 포맨의 콘서트를 손꼽아 기다린 사람입니다. 저는 공연 기획사 직원입니다. 저는 누구보다 진심으로 이 공연을 만들어낼 수 있습니다. 그리고 자신이 있습니다.

꼭 우리 회사와 공연을 하지 않으시더라도 포맨이라는 팀은 콘서트가 필요한 팀입니다. 공연이 성사되지 않더라도 미팅은 한 번 했으면 좋겠습니다.

감사합니다.

명승원 드림」

내 생에 첫 번째 공연 기획

진심 어린 편지가 힘을 발휘했다. 드디어 포맨 회사의 관계자를 만나게 된 것이다. 그때가 2009년 가을 즈음이었다. 나는 당연히 연말 시즌(아마 크리스마스 공연이었던 것으로 기억한다)의 공연 기획서를 가지고 그 당시 소속사의 매니저를 만나게 되었지만, 그 시기에는 공연이 힘들다고 판단했다. 새 멤버로 팀이 리뉴얼된 지 얼마 되지 않아 공연할 수 있는 컨디션이 아니었던 것이다. 그래도 그게 어딘가. 내가 기획한 공연의 기획서를 그 가수의 회사에 전달했다는 것 자체가 내게는 가슴 뛰는 일이었다. 그렇게 다음 기회를 기약하고 서로의 첫인상을 좋게 남긴 채 헤어졌다.

그렇게 나는 입사의 첫해를 무사히 넘기고 다음 해를 맞이했다. 여느 때와 같이 연예뉴스를 보고 있는데, 이런 기사가 눈에 띄었다.

'남성 그룹 포맨, 스페셜 앨범 〈더 서드제너레이션〉 발매'

그리고 티저 영상을 찾아보게 되었다. 티저 영상의 특성상 한마디 노래를 부르는 것이 끝인 영상이었다. 정확히 기억난다. 그때 '못해'라는 곡의 하이라이트 부분 딱 한 구절이었는데, 메인보컬 신용재의 목소리가 잊히지 않는다. 그 음악을 듣고는 나는 또 망설임 없이 전화를 붙잡았다. 당시의 나는 겁이 없었다. 결국 많은 회의와 복잡한 계약 조율 과정, 수많은 우여곡절 끝에 2010년 화이트데이 시즌에 포맨의 첫 번째 콘서트를 하기로 계약을 했다. 얼마나 기쁘던지 아직도 그날의 기분이 생생하다. 두근두근 드디어 대망의 티켓 오픈 날, 콘서트 티켓은 1분도 되지 않아 한 자리도 남지 않는 매진을 기록했고, 티켓을 구하지 못한 팬들은 추가 공연을 만들어달라고 회사에 전화했다. 첫 번째로 내가 기획한 공연의 대성공이었다. 이후 실제로 콘서트 회차가 1회 추가되어 총 3회의 공연이 이뤄졌다.

나는 이 공연 날을 아직도 쉽게 잊지 못한다. 내가 그렇게 즐겨 듣던 가수의 음악을 라이브로 들을 수 있다니! 내가 기획한 무대 위에서 꿈에 그리던 라이브가 펼쳐지다니! 이것은 느껴보지 않은 사람은 전혀 모르는 감정일 것이다. 그렇게 나는 내가 기획하고 제작한 첫 번째 공연을 아주 성공적으로 마쳤고 이 역사적인(?) 사건은 내가 지금까지 대중음악 공연계에 몸을 담는 데 아주 지대한 영향을 끼치게 됐다.

공연을 계속하고 싶으니 직업을 바꿔야겠어

　보통 공연 기획사라고 함은 할 수 있는 역할이 크게 두 가지이다. 첫 번째는 공연 제작이고, 두 번째는 공연 기획이다. 이렇게만 말하면 확실한 개념을 이해하지 못할 것 같아서 부연 설명을 하겠다.

　첫 번째로 공연을 기획한다는 것은 '공연 제작'을 의미한다. 공연 제작이란 가수를 섭외하고 공연장을 대관하고 자본을 투자하여 콘텐츠의 판권을 가지는 일이다. 기획사는 공연의 주관사로서 공연에서 일어나는 모든 일에 책임이 있고, 모든 수익을 가져간다. 보통 서울 공연을 제작하는 회사가 바로 이런 공연 제작을 하는 회사라고 보면 된다.

두 번째로 '공연 기획'은 공연 콘텐츠의 유통과정에 참여하여 투자하고, 수익을 창출하는 일이다. 예를 들어 어떤 가수가 전국 투어를 한다고 생각해보자. 서울, 대구, 부산, 광주 등 각 지방 공연을 개최하는 주최사(로컬 기획사)가 지역에 따라 여러 회사로 정리되어 있다. 이때 서울 공연을 제작한 제작사로부터 판권을 구매하여 각 지방에서 마케팅을 활용, 공연 티켓을 판매하여 매출을 발생시키고 수익을 창출하는 일이다.

내가 근무하던 공연 기획사는 두 가지 역할을 다 하는 공연 회사였지만, 공연 제작보다는 공연 기획이 조금 더 많은 부분을 차지하는 회사였다. 공연 제작과 공연 기획은 둘 다 없어선 안 될 꼭 필요한 일이었지만, 나는 공연 제작 쪽이 맞는다는 판단을 했다. 그 이유는, 공연 제작은 아무래도 가수 또는 가수의 소속사와 제작 회의를 거쳐 콘텐츠의 방향성을 주체적으로 결정할 수 있기 때문이다. 소극장 장기 투어를 할지, 체육관 투어를 할지, 극장형 공연을 할지, 또 다른 콘셉트의 공연을 할지 등등을 주체적으로 결정할 수 있는 권한이 어느 정도 있었기 때문에 '무'에서 '유'를 만들어낼 수 있다.

하지만 공연 기획은 거의 모든 콘셉트가 정해지고 난 뒤 그 공연을 유통하는 일이었기 때문에 크리에이티브를 담아내는 일을 하는 데는 무리가 있었다. 물론 공연 기획이 수동적인 일은 아니지만 내가 하고 싶은 일과는 차이가 있었다. 나는 공연의 제작 과정에 참여하여 크리에이티브를 더하는 일을 하고 싶었다.

공연 기획사에 다니다 보니 다양한 가수의 공연을 보고 들었다. 그렇다 보니 점점 더 내가 하고 싶은 일이 뚜렷하게 보이기 시작했다. 그때가 2012년이었으니, 공연업계에 입문한 지 4년째 되는 해였다. 내가 하고 싶은 일을 깨달아 갈 즈음이 되니, 눈에 안 보이는 것들이 눈에 띄기 시작했다. 공연은 어떻게 만들어지는지, 어떤 사람이 공연 콘텐츠를 만들어 가는지, 어떤 스태프가 되어야 공연에 직접 참여할 수 있는지 관찰하기 시작했다. 그리고 나는 일터에서 그들을 관찰했다. 또 내가 어떤 것을 하고 싶은지 찾아냈다.

그것은 '콘서트 연출 감독'이었다!

그때부터 내 꿈은 콘서트 연출 감독이 되는 것으로 정해졌다. 콘서트 연출 감독은 PD라는 이름으로 불리기도 하는데, 공연이 만들어지는 단계에서 크리에이티브 디렉터의 역할을 하고, 스태프들을 구성하여 가수가 원하는 공연을 좀 더 완벽하게 관객에게 전달할 수 있게 한다. 의견이 다른 경우에는 조율하며, 아티스드와 공언에 대해 심도 있게 논의하고 때로는 조언을 하기도 하는 그런 직업이다.

그리고 얼마 지나지 않은 2012년 어느 날,
나는 결심했다.
'그래, 나는 콘서트 연출 감독이 되어야겠어.'

진심으로 하고자 하면 길이 생기는구나

콘서트 연출 감독이 되기로 한 후 어떻게 하면 그 직업을 가질 수 있을까 고민했다. 나는 대한민국 사람이라면 누구나 가장 먼저 할 만한 행동을 했다. 바로 네이버 검색창에 '콘서트 연출'을 검색했다. 와, 깜놀. 놀랍게도 1분 만에 네이버 검색에서 가장 빠른 답을 찾게 되었다. 이런 게 바로 운명인 것인가. 이전에 읽은 책들에서 '하고자 하면 길이 생긴다.'라고 했는데, 그 말은 진짜였다. 바로 이런 기사를 발견했던 것이다.

'라이브 콘서트 전문양성 프로그램 〈스태프스쿨〉 생긴다'

「인터파크씨어터가 라이브 콘서트를 포함한 공연 제작 전문인력을 양성하는 〈인터파크 스태프스쿨〉을 연다. 〈인터파크 스태프스쿨〉은 연출, 제작, 무대기술, 구성작가 등 라이브 콘서트 제작에 필요한 지식과 기술을 갖춘 콘서트 전문가 양성 과정이다. 오는 7월 9일 개강을 시작으로 12월 말까지 총 6개월 과정이며 교육비는 전액 무료다. 이론 수업은 매주 월요일 2시부터 회당 3시간씩 한남동 공연장 블루스퀘어에서 진행된다. 인터파크씨어터는 〈스태프스쿨〉 과정을 신설하여 공연 시장 전반에 대한 이해를 갖추고, 음향, 영상, 조명, 미술 등 공연 제작 전문 기술까지 제대로 갖춘 유능한 공연 전문가를 배출하여 공연 제작 수준을 높이고 공연 시장 확대에 이바지한다는 취지이다. 각 분야 전문가들로 배치된 이론 및 실습 과정을 거쳐 2개월 동안 국내 정상급 가수들의 대규모 전국 투어 콘서트 무대에 직접 투입되어 현장학습을 할 수 있는 혜택이 주어진다.

또, 수강생들이 희망하는 진출 분야별로 강사들과 1대 1 멘토제로 운영, 보다 깊이 있는 지식과 기술을 전수하도록 할 방침이다. 뮤지션을 포함한 모든 스태프 간의 소통이 중요한 콘서트의 특성상 이러한 멘토제가 실무자 간의 커뮤니케이션 능력 개발에도 도움을 줄 수 있다. 인터파크씨어터의 장현기 본부장은, "급성장하고 있는 국내의 라이브 상품 수와 시장 규모에 비해 이를 이끌어나갈 전문인력이 턱없이 부족한 상황이며, 이들을 양성하는 교육기관 또한 전무한 상황이다"라며, "스태프스쿨을 통해 타 장르보다 짧은 시간 동안 고도의 집중력과 기술을 요하는 콘서트 제작 분야에 준비된 전문인력을 배출하고 장기적으로는 수준 높은 콘서트와 시장 활성화도 도모할 것으로 기대한다"라고 밝혔다.

〈인터파크 스태프스쿨〉 서류 접수는 6월 25일부터 7월 1일까지이며 면접을 거쳐 총 30명이 선발된다. 만 19세 이상 공연 제작에 관심이 있다면 누구나 지원 가능하다. 신청은 블루스퀘어 홈페이지에서 응시원서를 다운받아 이메일로 접수하면 된다.」◆

이 기사를 보는 순간 온몸에 소름이 쫙 끼쳤다. 어떻게 내가 원하는 시기에 원하는 교육을 받을 수 있는 곳을 찾을 수 있을까? 콘서트 연출을 배울 수 있고, 게다가 무료이며, 만 19세 이상 공연 제작에 관심이 있다면 누구나, 그리고 대규

◆ 당시 기사 전문이며, 현재는 모집하지 않는다.

모 전국 투어에서 실습까지 할 수 있다니! 이렇게 완벽할 수 있을까?

"OMG, 이건 내 운명이야."

이것저것 생각할 것 없이 나는 바로 자소서를 쓰기 시작했다. 내 특기가 무엇인가? 사자성어(?)로 말하자면 '봐.잇.나.우'다. 한 치의 망설임도 없이 써 내려간 내 자기소개서는 이랬다.

「○ 성   명 : 명 승 원

○ 희망 분야 : 연출 / 무대감독 / 제작감독 / 프로듀서 /

　　　　　　기타 (*복수선택 가능)

안녕하십니까.

명확히 승부수를 던져 원하는 것을 얻는 명승원입니다.

저는 음악이라는 단어를 빼고는 설명할 수 없는 인생을 살았습니다. 고등학교 밴드 활동을 시작한 후로 음악의 즐거움을 알았습니다. 음악을 즐기고 음악으로 수익을 창출하는 일을 해야한다는 사명감을 가지고 한국외국어대학교 경제학과에 입학했습니다. 즐거움을 넘어서서 음악 산업의 전반적인 이해와 기본기를 다지기 위해서 경제학과를 선택했습니다. 2009년 도전정신을 가지고 공연 회사에 입사했습니다. 음악 공연을 제작하고 기획하는 동안 많은 것을 경험하였습니다.

공연은 항상 제 가슴을 뛰게 했고, 상상만 해왔던 공연을 여러 공연을 하면서 손수 제작해 관객들께 보여드렸습니다. 부활, 포맨, 김연우, 나윤권, 임재범, 볼쇼이아이스쇼를 기획, 섭외부터 연출 및 마케팅까지 맡았습니다. 공연이 끝나고 공연에 감동한 팬들을 보고 이제까지 느껴보지 못했던 희열을 느꼈습니다.

하지만 우리나라 음악 공연 현실, 공연 기획사의 현실은 공연의 질보다는 티켓 판매에 집중하는 업무를 할 수밖에 없는 실정이었습니다. 저는 단순한 공연 기획사의 직원이 아닌 공연 전문인력이 되고 싶었습니다. "아티스트의 팬들은 어떤 공연을 보고 싶어하는지, 어떤 음악이 가장 감동으로 다가오는지, 어떤 연출로 그 감동을 배가시킬 수 있을지"에 대한 부분을 진지하게 생각해 보았습니다. 공연 홍보, 마케팅은 약 3년 6개월이라는 시간 동안 업무를 담당했기 때문에 자질은 갖추었다고 생각합니다만 그 외적인 부분을 그 분야에 최고의 전문가들과 함께 고민해 보고 싶었습니다.

어떤 공연이 좋은 공연일까? 하는 물음에 대한 저의 답은 관객과 아티스트, 공연 회사가 만족하는 공연이 가장 좋은 공연이라고 할 수 있다는 결론을 내렸습니다. 무엇보다도 관객 만족은 제가 추구하는 공연의 핵심이라고 생각합니다. 관객과 아티스트와 회사가 만족하는 공연을 만들기 위해 스태프스쿨에 지원합니다. 대한민국 공연에 대한 사명감을 가지고 열심히 하겠습니다.」

자기소개서만 넣었는데, 이상하게 나는 벌써 합격한 기분이 들었다. 이미 나는 그 교육 과정에 합격한 사람처럼 월요일 아침만 되면 설레서 눈이 떠지곤 했다. 결과는 1차 서류전형 합격. 그리고 이어진 심층 면접. 두둥. 실제로 한 달 뒤에 운이 좋게도 합격을 했다.

'드디어 내가 콘서트 연출 감독이 될 기회가 온 것인가?'

아니 이제 한 단계가 남았다. 바로 내가 다니고 있는 회사의 대표님을 설득하는 것. 내가 다니고 있는 회사의 대표님께 찾아가 연출을 공부하고 싶으니 월요일에는 연출을 공부할 수 있는 시간을 달라고 했다. 회사에 다니면서 월급을 받는 직원이 갑자기 월요일에 회사를 안 나오겠다고 하는데 허락해 줄 대표님이 몇이나 있을까? 하지만 내가 다니던 회사의 대표님은 내 당돌한 제안을 흔쾌히 허락을 해주셨다. 지금 생각해보면 꽤 어려운 결정이셨을 텐데, 진심으로 감사하다.

그렇게 나는 공연 기획사 팀장에서 대중음악 공연 연출가로의 변신을 위한 첫 번째 문을 열게 되었다.

내가 콘서트 연출 감독이 될 수 없는 이유들

인터파크 스태프스쿨의 6개월은 눈 깜짝할 새에 지나갔다. 그도 그럴 것이 그 교육장에 가면 같은 꿈을 가진 수강생들이 서른 명이 있었고, 그들과 공연에 관한 대화를 나누고, 함께 공연을 보고, 수업을 듣고, 실습하는 것은 이전에 경험해보지 못한 정말 즐거운 일이었다. 그렇게 스태프스쿨을 수료하고 몇 개월이 흘렀을까? 이 과정만 수료하면 내 삶은 이전과 확실히 달라져 있을 것이라는 내 기대는 그냥 단지 '기대'라는 단어 자체로 자리매김하고 있었다.

회사 출근 시간에 출근을 하고, 퇴근 시간엔 퇴근을 했다. 회사에서는 같은 일을 했다. 이전과 크게 다르지 않은 일상,

그리 새롭지 않은 삶이 지속되고 있었다. 어찌 보면 당연한 일이었다. 그 교육 과정을 수료했다고 해서 다 콘서트 연출 감독이 되면, 우리나라에 콘서트 연출 감독이 수백 명은 족히 되었을 것이다.

　보통 콘서트 연출 감독이 되는 케이스는 여러 가지가 있지만, 수년간의 조연출 과정을 거쳐야 하는 것이 일반적인 사례였다. 그런데 나는 그 당시 조연출로 다시 입사를 하는 것이 불가능하다고 생각했다. 공연 기획사에 다니고 있는 4~5년 차 팀장을 조연출로 뽑아줄 회사도, 연출도 없을뿐더러, 나 또한 조연출로 갑자기 직업을 바꿀 수 있는 상황이 아니었다. 나이도 많았다. 아니, 많다고 생각했다. 지금 돌이켜보면 뭐라도 할 수 있는 나이라고 생각하지만, 그때 당시에는 20대 후반이었던 내 나이가 왜 그렇게 많아 보였는지. (이 글을 읽고 있는 20대들은 절대 늦었다고 생각하면 안 돼요) 생각하면 생각할수록 다시 조연출 생활을 하기엔 너무 늦었다고 생각했다. 그 때부터 상황과 현재 내 상태에 대해 고민 또 고민하고 했다.

　내가 생각해도 나 같은 조연출을 뽑을 이유가 없었다. 연출 회사의 입장에서는 내가 공연 기획사에 있을 때 거래처의 팀장이었기 때문에 편하지 않았을 것이다. 함께 비즈니스를 하던 사람을 어떤 회사가 막내 조연출로 뽑아줄 수 있을까? 나이까지 많은 거래처 팀장 출신 조연출은 내가 생각해도 영 탐탁히지 않았다. 그렇게 고민 한 결과, 내가 연출 감독이 될 수 없는 상황을 인정하는 데는 그리 오랜 시간이 걸리지 않았다. 자, 그래. 상황은 인정. 이제 다시 고민을 시작할 때이다.

'어떻게 하면 콘서트 연출을 할 수 있을까?'

많은 고민 끝에 생각해 낸 방법은 한가지. 딱 한 가지밖에 없었다. 내가 공연을 만들어서 연출을 하는 방법밖에는 없었다. 방법이 한 가지일 때는 이것저것 경우의 수를 재보고 선택을 할 수가 없다. 한 가지의 방법을 실행하는 것밖에는 다른 선택이 없다. 그때부터 나는 내가 연출 하고 싶은 아티스트를 찾기 위해 음원사이트를 뒤지기 시작했다.

이렇게 나의 고군분투 연출 감독 도전기가 시작됐다.

인디차트를 뒤지다

내가 연출을 할 아티스트의 음악을 찾는 방법은 이랬다. 일단 자기 전에 항상 음원사이트의 인디차트 탑 100과 인디 최신곡을 켜고 들을 음악을 찾았다. 음악의 제목을 보기도 하고 앨범의 커버를 보고 끌리는 곡을 선택해서 들었다. 특히 이때는 음악을 공기처럼 흘려듣는 것이 아니고 굉장히 집중을 해서 들었다. 음악이 흐르는 방안에 공기에 깔때기를 꽂아서 내 귀에 흘려 넣는다는 느낌으로 들었다. 토익 LC를 공부할 때 한 단어, 한 단어에 집중하듯 멜로디와 가사, 아티스트의 목소리에 최대한 집중하며 들었다.

음악을 들을 때는 화면을 보지 않았다. 그 이유는 첫째로는 음악에만 집중하기 위해서였고, 두 번째는 선입견을 지니지 않기 위해서였다. 소속회사의 브랜드를 보면 '역시 이 회사가 만들어 내는 음악은 이래' 하면서 선입견을 지닐 수 있기 때문이다. 또 내가 좋아하는 아티스트의 노래가 나오면 무조건 좋다고 생각할 수도 있었다. 연출하고 싶은 아티스트를 고를 때에는 최대한 선입견을 배제하는 것이 맞는다고 생각했다.

내가 인디차트의 음악부터 열심히 들었던 이유는 솔직히 말하자면 처음부터 메이저 아티스트의 콘서트를 연출할 수 없었기 때문이다. 인디 아티스트는 항상 공연을 필요로 할 것이라 생각했고, 비교적 자유롭게 소통할 수 있을 것이라고 생각했다. 그렇게 되면 나도 그들에게 도움이 될 수 있고, 나도 그들에게 도움을 받을 수 있다고 생각했다.

인디음악이라는 개념은 '인디팬던트(Independent) 음악'의 줄임말로, '독립 음악'이라는 뜻이다. 기존의 메이저 가수들과 대형 매니지먼트 음악 회사에서 하는 음반 제작과 유통 방식에서 벗어나 소자본으로 음악을 만들고 유통하는 음악을 말한다. 하지만 내가 인디차트를 뒤지던 2012년과 2013년에는 인디음악이라는 장르의 차트가 따로 랭크되어 있을 정도로 장르를 소비하는 리스너들이 많이 생겼었고, 대형 기획사에서 나오는 음악들보다 유명한 히트곡, 유명한 가수들이 생겨나고 있을 때였다. 소형 레이블에서 나온 가수들도 당시 국내에서 가장 큰 실내 공연장인 체조경기장에서도 콘서트를 기획하는 때였다.

매일 밤 음악을 켜고 듣는데, 그 날은 유난히 느낌이 이상했다. 밤에 잠자리에 들었음에도 불구하고 새벽까지 잠을 이루지 못했다. 여전히 내 침대 위에서는 화면이 뒤집힌 핸드폰에서 음악이 흘러나오고 있었다. 그때! 달달한 음악 한 곡에 내 귀가 집중을 하기 시작했다. 미디움 템포에 목소리도 괜찮고 가사까지 중독성이 있는 나름 참신한 음악이었다. '이 음악 괜찮은데? 이 노래 부른 사람 누구지?' 하며 마치 화투장을 뒤집듯 내 핸드폰을 뒤집었다. 그리고 그때 운명의 그들의 이름을 마주하게 된다.

그들은 바로 '소심한 오빠들'. 남자 두 명이 결성한 인디그룹이었다. 아티스트를 찾았으니 이제 이 아티스트가 공연을 할 수 있는 사람들인가를 살펴야 했다. 아무리 곡이 좋아도 콘서트를 하려면 적어도 이미 발매해 놓은 곡이 10곡 이상은 있어야 하니까 말이다. 다행히도 음원사이트에는 이미 발매해 놓은 음원들이 여러 곡 있었다. 한 열다섯 곡에서 스무 곡 정도 있었던 것 같다. 내가 연출할 아티스트를 찾는다는 내 목표가 반은 이루어진 순간이었다. 그리고 그들의 발매한 음악 전 곡을 플레이했다. 두근두근하는 마음으로 한 곡 한 곡 정성스레 귀 기울이기 시작했다. 와, 이건 뭐 매력의 끝판왕! 이들의 매력을 하나씩 나열해 보겠다.

첫 번째, 음악이 좋았다. 누가 작곡을 했는지 그때는 알지 못했지만 이미 발매한 앨범들의 거의 전 곡이 내 스타일의 곡이었다. 나는 인디음악 중에서도 대중적인 멜로디와 편곡을 좋아했는데 이들의 음악이 그랬다. 그래서 그런지 거부감 없이 내 귀에 착착 감겼다.

두 번째, 가사가 중독성이 있었다. 이 그룹은 알고 보니 달달한 멜로디의 장난스러운 가사가 콘셉트인 곡들이 많았는데, 귀 기울여 들으니 가사가 너무 웃기고, 사실적이었으며 귀여웠다. 음악의 리뷰들을 살펴보아도 이들의 가사에 관한 이야기가 많았는데, 다들 유쾌한 호감의 반응이었다.

세 번째, 무엇보다 얼굴이 잘생겼다. '패션의 완성은 얼굴'이라고 했던가. 패션도 패션이지만, '음악의 완성도 얼굴'인

세상이었다. 그래서인지 팬들 대부분이 여성들이었다. 그리고 이미 팬카페까지 개설된 상황. 음악도 좋은데 얼굴까지 훈남 어쿠스틱 듀오였다.

핸드폰을 뒤집는 순간부터 그 날은 잠을 이루지 못했다. 나는 이런저런 설레는 생각을 하면 잠이 오지 않는 설렘불면증(?) 같은 증상이 있었다. 밤새 이 노래, 저 노래를 번갈아 가며 어디서 공연을 하면 좋을지, 어떤 콘셉트를 잡으면 좋을지, 어떻게 연출을 하면 좋을지 끊임없이 생각하고 시뮬레이션했다. 그렇게 뜬눈으로 밤을 새우고 나는 이들에게 운명적인 프로포즈를 하게 됐다. 이렇게 매력적인 팀을 어서 빨리 내 힘으로 연출하고 싶었다.

그들과의 운명적인 만남

드디어 아침이 밝았다. 밤사이 세상 매력적인 인디듀오 '소심한 오빠들'이라는 팀을 발견한 나는 의기양양하게 사무실에 출근해 공연 제작을 기획하기 시작했다. 여기서 잠깐. 다시 설명을 하겠다. 내가 연출을 하고 싶었는데 공연 제작의 기획을 먼저 한 이유는 아무도 나를 연출로 데뷔시켜주지 않을 것 같아서, 내가 내 힘으로 공연을 제작해서 스스로 연출가로 데뷔하는 길밖에 없었기 때문이다.

역시 생각을 많이 하면 문서의 작업을 할 때 시간이 많이 단축되는 것을 느꼈다. 공연 기획서에는 크게는 다음의 내용이 들어갔다.

1. 공연 개요

2. 공연장

3. 아티스트

4. 공연 콘셉트

5. 공연 기획자 소개

공연 개요는 공연의 제목, 일시, 장소, 횟수, 주최 주관사 등 공연의 전반적인 내용을 한 번에 파악할 수 있게 정리된 내용이다. 공연 제목은 이 공연의 방향성을 설정하는 아주 중요한 요소이다. 그리고 날짜는 시즌성 공연이 있을 수 있고 아티스트의 음악에 어울리는지 파악해야 하고, 콘셉트에도 영향을 줄 수 있어 중요하다. 장소는 이 공연의 퀄리티와 비즈니스 구조를 파악하는 데 도움을 줄 수 있으며, 최근 들어 어떤 공연장에서 공연하는지도 굉장히 중요한 요소이다.

공연장은 이 아티스트가 공연할 장소에 대한 설명인데, 우리나라에는 대중음악 공연을 할 수 있는 공연장이 부족하기도 하고 공연장의 브랜드도 중요하기 때문에 공연장에 대한 소개는 아주 중요하다고 할 수 있겠다. 공연장은 공연장의 퀄리티와 수익에 관련된 아주 중요한 요소이다. 아티스트가 공연장을 판단하는 요소는 음향시설에 문제는 없는지, 관객들의 불편함은 없는지, 이전에 이 공연장에서 공연한 아티스트는 누가 있는지 등이다.

아티스트 섹션에는 아티스트가 발매한 음원이나 활동이 적혀 있는데, 음악 활동이나 기타 활동을 통해 이 아티스트의 방향성을 다시 한번 잡아주는 역할을 하고 그것이 이번 공연의 콘셉트로 이어지기 때문에 지금까지의 모든 활동을 정리해 가는 것이 좋다.

공연 콘셉트는 내가 이 공연을 기획했을 때는 어떤 키워드로 어떤 콘셉트의 공연을 만들고 싶다는 제안이다. 예를 들어 아이돌 콘서트의 경우 그들의 세계관을 통한 스토리텔링이 들어가는 경우가 많고, 대중가수들도 시즌이나 본인의 이야기를 하는 스토리텔링이 들어간다. 공연장이나 대중들이 인식한 가수의 성향에 따라 무대 콘셉트나 공연 콘셉트가 달라지기도 한다. 특히 제작자도 공연의 콘셉트를 결정하는 데에 큰 역할을 한다. 특히 이 공연 콘셉트로 실제 진행이 되었을 때 약속을 지켜야 하므로 공연 콘셉트에 대한 설명은 아주 중요하다고 할 수 있다.

공연 기획자 소개는 그 회사 또는 사람이 지금까지 어떤 공연을 제작했고 기획했는지에 대한 설명인데, 아티스트나 그들이 속한 소속사가 신뢰를 둘 만한 중요한 사항이기 때문에 자세하고 디테일하게 설명해주는 것이 좋다.

이렇게 공연 기획서를 완성한 나는 이제 그들에게 연락할 방법을 찾았다. 그때 당시에도 아티스트들이 페이스북이나 기타 SNS를 통해 홍보를 많이 하고 있는 상황이었기 때문에 연락처를 찾는 데 그리 어렵지는 않았다. 다행히 그들의 회사에 금세 연락이 닿았고, 최대한 이른 시일 내에 미팅을 하자고 제안했다. 그리고 드디어 소심한 오빠들을 홍대 앞의 한적한 커피숍에서 만났다.

"안녕하세요. 소심한 오빠들입니다, 허허허."

수더분하지만 훈남인 남자 둘이 들어와 내 앞에 앉았다. 그들의 매니저도 함께 자리했다. 이야기를 나누는 내내 기분이 좋다는 느낌을 받았다. 그리고 내가 여기까지 오게 된 이유를 차근차근 설명했다. 그들은 공연이 필요했고, 나는 그들이 필요했다. 서로 필요에 의해 만났지만 대화를 이어가는 도중에는 이런 사람들이면 좋은 공연을 만들 수 있을 것이라는 확신이 생겼다. 그들은 내가 하는 말에 호응해 주고 의견을 보탰다. 첫 번째 만남임에도 불구하고 우리는 서로를 알아보았던 것 같다. 그리고 그 운명의 상대, 소심한 오빠들과 내 생에 첫 번째 공연 연출을 하기 위한 공연을 기획하게 됐다.

또 한 번의 편지를 쓰다

소심한 오빠들과 기분 좋은 만남은 빠른 속도의 기획으로 이어졌다. 홍대 근처의 몇 군데의 공연장을 뒤져보고 대관이 가능한지 알아보았다. 하지만 기획이라는 것이 항상 그렇듯 처음 시작할 때의 창대함을 끝까지 이어가기가 어렵다. 이유는 현실적인 문제(비용)에서 온다. 특히 공연 기획은 그렇다. 공연을 너무 큰 규모로 기획했을 때 기획자의 금전적인 손실은 물론이고 공연하는 팀의 이미지에도 큰 영향을 끼치게 된다. 물론 잘되면 다행이지만 말이다. 그래서 공연 기획은 시작을 언제나 최대한 작게 하라고 말하고 싶다.

이 공연도 마찬가지이다. 맨 처음에는 300~400석 규모의 공연장을 알아보았지만 그 정도 규모에서 공연하는 데는 아직 무리가 있다는 생각이 들었다. 이러한 이유로 처음 기획한 공연장의 규모보다 현실적인 부분을 고려하여 점점 작아지게 되었다. 내 입장에서는 최대한 손실을 대비하자는 마음이 컸던 것 같다. 이전에도 말했지만, 이 공연은 내가 연출로 데뷔를 하기 위한 공연이었기 때문에 전체 제작비를 내가 투자했다. 그때 거의 내가 가진 현금 대부분을 올인했다고 보면 된다(너무 거창하지만 당시에는 내가 가진 모든 걸 베팅하는 도박사의 기분이었다.)

아니나 다를까. 공연 규모가 처음과 달라지는 상황에서 아티스트 회사에서 불만이 생기기 시작했다. 그 마음을 다 이해했다. 처음 하는 콘서트의 규모가 점점 작아지게 되면 생각했던 그림이 나오지 않기 때문이다. 하지만 아무리 생각해봐도 첫 공연은 200석 규모에서 하는 것이 맞겠다는 결론이 났다.

나는 이 상황에서 다시 한번 진심을 담아 편지를 썼다.

「○○○ 실장님께.

먼저 공연 규모가 작아지게 된 점, 다시 한번 정중하게 사과드립니다. 200석이라는 규모가 마음에 안 차실 수 있습니다. 상황을 충분히 이해합니다. 음악성이 있는 아티스트이기 때문에 가능성이 무궁무진하다고 생각합니다. 하지만, 첫 번째 콘서트라는 상황을 인지해주시면 감사하겠습니다. 현재 소심한 오빠들은 데이터가 전무한 실정입니다. 콘서트 티켓을 오픈했을 때 몇 명이 움직일지 알아보는 단계로의 의미로 이번 공연을 생각해주십시오. 이번 공연만 보고 진행하는 것이 아님을 꼭 헤아려 주시면 감사하겠습니다. 향후 이어질 공연들을 염두에 두고 나가는 첫걸음이라고 생각해주시면 감사하겠습니다. 첫 만남 때도 말씀드렸지만, 아주 특수한 상황이 아닐 경우 소규모 공연으로 6개월~ 1년 동안 인지도를 쌓아야 한다고 생각합니다.

약속드립니다. 첫 공연에서 긍정적인 결과물이 나온다면 이후 공연들은 첫 공연보다 큰 무대, 규모를 보장하겠습니다. 이번 공연 한 번만 진행할 것이었으면 시작도 안 했습니다. 만약 긍정적인 결과가 나오지 않더라도 긍정적인 결과가 나올 때까지 같이 힘을 합치면 좋을 것 같습니다.

명승원 올림」

내가 비즈니스 관계자에게 편지를 쓰는 이유에는 몇 가지가 있다.

첫째, 내가 하는 말이 무엇인지 명확하게 전달할 수 있다. 말로 주저리주저리 설명하면 끝에는 내가 하는 말이 나조차 모르는 상황이 발생한다. 직접 만나 설명을 해야 하는 상황에서는 상대방이 질문하면 바로바로 답을 해야 하는 상황이어서, 내가 생각하는 대화의 흐름이 끊길 수 있다. 반면에 글로 쓸 때는 흐름에 맞게 내 논리대로 설명할 수 있어 내가 하려는 말이 무엇인지 정확하게 전달할 수 있다.

두 번째, 진심을 전달하기 위함이다. 아무리 비즈니스 관계라고 해도 사람끼리 하는 일이기 때문에 진심을 담아 편지를 쓰면 진정성을 보일 수 있기 때문이다. 여기서 주의할 점은 진심을 꾸며서 편지를 쓰면 안 된다는 점이다. 말이나 글에 진심이 담기면 대부분 받는 사람에게 느껴지기 마련인데, 진심이 담겨 있지 않은 글이나 말은 오히려 상대방이 나를 의심하는 계기로 만들 수 있다.

내가 비즈니스를 할 때 매번 편지를 쓰는 것은 아니다. 내가 하는 일은 진심이고, 그 결과를 책임질 수 있을 때 편지를 쓴다. 그래서인지 내가 비즈니스 상대에게 편지를 썼을 때는 그 상대방 모두가 나를 믿어주었고, 그 결과 내가 상상했던 그대로 그림을 그려나갈 수 있게 되었다.

두려워야 하는데 너무 재밌잖아

공연을 하기 위해서는 크게 세 가지가 필요하다. 아티스트, 공연장, 자금이다. 아티스트는 정성스러운(?) 편지로 섭외했고, 공연장도 브이홀이라는 공연장을 계약했다. 홍대에 있는 200석 규모의 클럽형 공연장인데, 팀의 분위기에도 맞고, 이전에도 많은 아티스트들이 거쳐 간 공연장이라 관객들에게도 이미지가 좋았다. 문제는 자금인데, 앞서 말한 바와 같이 공연장 대관료를 내가 모은 돈으로 계약했다. 두렵지 않았냐고? 설레는 마음이 더 컸던 것 같다. 이유는 잘 모르겠지만, 이미 내가 음악을 수백 번 들었고, 팬카페에는 수십 번 들락거렸으며, 최악의 상황에 손해 볼 자금이 몇백만 원이었기 때문에 그리 두렵지 않았다.

　나는 공연 기획에 관해 설명할 때 도박이나 주식과 비교를 많이 한다. 이 두 가지는 좋은 투자를 하고 위험을 감수하면 더 많은 수익을 올린다는 성향은 비슷하지만, 분석해서 결과를 바꿀 수 있느냐 없느냐의 차이가 확연하다. 도박은 순전히 운으로만 판가름 나지만 주식은 타이밍과 정보를 합해서 선택하는 것이기 때문에 결과를 내가 바꿀 수 있다. 설명이 너무 길었는데, 나는 이 공연에 투자를 할 때 두려울 것이라 예상했지만, 내 마음은 어느새 두려움을 넘어 확신에 가득 차 있었기 때문에 설렌다. 예매처에 티켓을 오픈할 때 쓰는 공연 소개글도 내가 써서 아티스트에게 보여주니 "너무 좋은데요." "재밌어요."라는 반응이었다.

　잠시 공연 소개 글을 소개해보겠다. 이 글은 중간중간 그들의 노래 제목으로 이루어져 있어 그들의 팬들이 읽어야 알아듣는 암호 같은 글로 되어있는 것이 특징이다.

　【소심한 오빠들 첫 단독콘서트 〈소심〉

　"잘 생겨서 죄송합니다."라고 해놓고,

섹시해서 죄송하다고 해놓고

그대의 마음을 설레게 해 죄송하다고 해놓고

"여자친구가 생겼으면 좋겠다."라고 외치는

우리는 소심한 오빠들!

한 시간마다 페북을 들락거리며

"소심한 그녀"들을 찾아다니는 "페북쟁이" 오빠들.

잠들기 전 "잘 자라 윤아야, 우리 꿈속에서 다시 만나."

혼잣말을 중얼거리며

"남자들이 풀지 못하는 숙제"를 연구하는

우리의 이름은 소심한 오빠들!

멜로디는 고막을 녹일 듯 달달하지만

이어폰을 귀에 꽂고 지하철을 탄 당신을

"빵" 터지게 만드는

우리의 이름은 소심한 오빠들!

들어는 봤는가! 화곡동 라이징 스타! 소심한 오빠들!

소심하다고 무시하지 마라,

마음만은 완전 화끈한 남자다잉!】

이렇게 일사천리로 티켓 오픈을 준비하고 드디어 티켓 오픈 첫날. 두근두근. 결과보다는 "과연 내 선택이 옳았을까?" 하는 호기심으로 티켓 예매상황을 지켜보았다. 결과는 매진.

"역시 내 선택은 틀리지 않았다."

난생처음 콘솔에 앉아보았다

얼마나 기다리고 기다렸던 날인가. 드디어 소심한 오빠들의 첫 번째 콘서트 날. 미리 준비해 놓았던 검정색 티셔츠를 입고 아침 일찍 공연장으로 향했다(참고로 스태프들이 공연장에서 검은색 옷을 입는 것은 무대 위에서 관객들의 눈에 띄지 않기 위함이다). 미리 가져다 놓은 소품들을 공연장 안에 세팅하고, 테크니컬 리허설(아티스트 없이 스태프들만 참여하는 리허설)을 진행했다.

평소에 나는 어떤 큰 일이 있을 때 긴장을 많이 하는 편인데, 이상하게 이날은 어찌 보면 내 인생에서 최대의 도전을 하는 날임에도 생각만큼 떨리지 않았다. 아마도 사전에 모든 것을 준비해 놓았기 때문일 것이다. 공연을 같이 만드는 내 동기들과는 공연에 대한 구성이나 소품들, 아티스트 동선에 관해 이야기했고, 아티스트들과는 공연하는 동안의 흐름이나 맥락, 멘트를 어떻게 하면 좋겠다는 의견을 충분히 나눴다.

맨 처음 내가 연출을 하려고 마음을 먹었을 때, 나는 아티스트들과 소통을 많이 하는 콘서트 연출이 되고 싶었다. 그래서 그들과 처음 만났을 때부터 이 공연이 몇 곡으로 이루어지면 좋겠는지, 첫 곡은 어떤 곡으로 하면 좋을지, 게스트의 등장 타이밍, 심지어 의상 콘셉트까지 모든 것을 사전에 상의했다. 다행히도 소심한 오빠들은 나와 코드가 아주 잘 맞는 친구들이었다. "이때는 좀 댄디한 의상으로 입었으면 좋겠는데…." 라고 말하면 바로 스마트 폰을 꺼내 "이런 옷 말하는 거 맞죠?" 하며 화답해주었고, "이 부분에서 재밌는 멘트가 나올 타이밍이에요."라고 하면 "이때는 제가 웃긴 썰 하나 준비해볼게요."라고 얘기해주었다. 내가 이 공연에 대해 생각한 것을 놓고 누구보다 열심히 의견을 나누었고, 내 아이디어를 받아서 더 멋지게 만들어내려고 노력했다.

리허설을 무사히 마치고, 공연장으로 관객들이 하나둘씩 입장했다. 앞에도 언급한 바 있지만, 나는 큰 일을 앞에 두고 긴장을 많이 하는 편인데 참 희한하게도 이날은 떨리지 않았다. 오히려 "오늘 한번 봐봐. 아주 그냥. 오늘 다 죽었어." 하는 느낌이랄까. 2013년도에는 '근자감'이라는 말이 없었던 걸로 기억한다. 지금 보면 그날 그 순간, 딱 내가 근자감이라는 바로 그 단어 그 자체였다. 어디서 그런 근거 없는 자신감이 나왔는지 아직도 알 수는 없다.

시간이 흘러 공연시간이 다가왔다.

나: 아티스트 준비됐어?

동기: 네, 준비됐어요.

나: 그럼 공연 시작하겠습니다.

마침내 역사적인 나의 첫 공연이자 소심한 오빠들의 첫 공연이 시작되었고, 그날 그 순간의 감정은 쉽게 단어로는 표현되지 않는다. 한마디로 표현하자면 '편안함'이었다. 예상했던 짜릿함도 없고 스릴도 느껴지지 않았다. '왜 이렇게 편안하고 재밌지?'라는 생각을 했을 정도니까 말이다. 하지만 강한 자극이 없이도 "내가 가야 할 길이구나." 직감할 수 있는 편안함. 바로 그 편안한 감정이 느껴졌다.

그날 무사히 공연을 마치고 회식 자리에서는 내가 거의 주인공이었다. 내 기억에 의존하는 것이지만 나 스스로 내가 주인공이라고 생각할 정도였다. 공연할 아티스트를 찾아내고 콘서트를 기획해서 내가 하고 싶은 연출을 했으니, 아무리 작은 공연이었어도 2013년 9월 1일 그 날은 잊지 못한다. 그리고 그날, 나는 내 인생 처음으로 연출한 콘서트의 후기를 읽느라 잠을 이루지 못했다.

— ✦ ———————————————————————

「개인적으로 노래를 좋아해서 찾아보다가 알게 된 가수!
티켓예매 오픈되자마자 예매를 했지만 그래도 뒷줄에서 보게 되었네요. 콘서트 내내 웃음 지으면서 신나게 관람했습니다. 정말 준비한 것들이 엄청나다!!!라는 것을 느낄 수 있는 공연이었어요 첫 단독콘서트가 이 정도면 다음 콘서트는 어떨지 더더더더 기대됩니다! ^^」

「정말 대박. 티켓이 10만 원이었다고 해도 돈 안 아까웠을 공연. 소심한오빠들이란 가수분들의 개성 넘치는 매력을 정말 코 앞에서 (맨 앞줄!) 봤는데, 정말 다양한 볼거리들이 많아서 좋았어요. 솔직히 의자가 좀 불편해서 허리가 많이 안 좋은 저로서는 좀 힘들었지만! 공연 자체는 너무너무 좋았습니다. 최고의 공연을 선사해주신 오빠들께 감사해요.」

「소심한오빠들이라는 가수를 알게 된지는 얼마되지 않았어요. 우연한 계기로 알게 된 뽀뽀뽀라는 노래로 소심한 오빠들에 대해 관심이 가기 시작했고 발매된 모든 곡을 들어보게 되었죠. 그러다 콘서트소식을 접하였고 예매는 역시 인터파크에서 하고 ㅋㅋ 제가 콘서트가기 전부터 배가 살살 아프고 컨디션이 꽝이었지만 공연 보는 내내 전혀 아프지 않고 쌩쌩했어요 ㅋㅋㅋㅋ이게 바로 소심한 오빠들의 대단한 공연 능력인 것 같아요. 그 날이후 전 계속 설사 중 이지만 소심한 오빠들의 공연을 잊을 수 없어서 지금도 이렇게 변기 위에서 후기를 남깁니다. 정말 대단한 공연이었어요... 주르륵 주르륵 ㅜㅜ
설사도 주르륵 눈물도 주르륵…」

「단독 공연하시는 거 처음 보는데 정말, 아휴 ㅋㅋㅋ
이렇게 재밌어도 되나 싶을 정도로 재밌네요! 정말 가서 더 팬이 된 거 같아요. 오빠들도 너무 잘생기시고 끼도 많으시고. ^^! 사랑합니다. ㅋㅋㅋㅋㅋㅋㅋㅋ ♥」

「소심한 오빠들의 공연을 이전에도 몇 번 보았지만 단독 콘서트는 정말 최고였어요. 평소에 보지 못했던 모습들을 볼 수도 있었고, 첫 번째 단독 콘서트였는데도 레파토리가 다양해서 시간이 어떻게 지나갔는지 모를 정도였어요. 꼭 이른 시일 내에 다시 단독콘서트 해주세요! 그때도 보러 갈게요. :)」

「2시간 30분 정도 공연을 한 것 같은데 긴 시간이었지만 지루하지 않고 시간이 짧게 느껴질 정도로 감동적인 무대였어요! 다음에도 콘서트를 하게 된다면 또 가고 싶습니다. ㅎㅎ
소심한 오빠들 짱!」

「두근거리는 맘으로 홍대V-hall을 찾았습니다.
팬층이 20대 초중반의 소녀들로 이루어져 있기도 하고 혼자 보는 공연이라 많이 망설여졌지만, 결코 후회가 되지 않을 만큼 너무나 즐겁고 행복한 시간이었습니다. 공연 보는 내내 노래를 따라 부르고 입가에 웃음이 멈추질 않았어요. 다음엔 좀 더 큰 공연장에서 소심한 오빠들의 노래를 들을 수 있으리라 믿어 의심치 않습니다. 소빠, 완전 사랑해용. *^^*」

「으어, 이렇게 재밌을 줄 몰랐어요. ㅋㅋㅋㅋ
제가 좋아하는 노래 라이브로 듣고 와서 너무 좋았습니다.

다음 콘서트 가격 올린다던 멘트가 기억나는데 많이 올리지 말아요. ㅠㅠ

다음에 또 가고 싶어요. ㅎㅎ」

쌍욕을 먹었다

소심한 오빠들 콘서트는 그 뒤로도 줄곧 내가 연출을 맡게 되었다. 이후 7~8번의 콘서트가 있었는데 모두 내가 연출을 맡았다(심지어 이후 소심한 오빠들이라는 그룹이 해체하는 굿바이 콘서트도 내가 연출을 맡았다). 소심한 오빠들 멤버들과 환상의 호흡으로 가면 갈수록 재밌는 공연이 나와주었고 마니아들 사이에서 '소빠콘=재밌는 콘서트'라는 입소문도 나게 되었다. 그래서 자신감이 붙고, 자존감도 높아지던 어느 날이었다. 한 인디 아티스트의 음악이 내 귀에 들리기 시작했다. 음악이 너무 좋아서 두 번 듣고, 세 번 들었다. 그래도 좋았다. 그리고는 또 이런 생각을 하게 되었다.

'이런 음악도 내가 연출 잘 할 수 있는데.'

어디서 나온 자신감인지 모르겠지만, 그때는 호기롭게도 이런 생각을 했다. 지금 생각하면 그런 근거 없는 자신감이 한편으론 부끄럽기도 하다.

나는 또 평소 내 스타일대로 그 아티스트가 소속된 회사로 전화를 걸었다. 그러고는 그 회사의 대표님과 미팅을 했다. 이런저런 긴 이야기 끝에 나는 그 아티스트의 콘서트를 연출할 수 있게 되었고, 꿈에 부풀었던 공연 날이 왔다. 그때는 내가 콘서트 연출을 7~8회 한 상태였으니, 처음보다는 여유가 생긴 상태로 그 공연을 준비했다. 모든 것이 순조롭게 진행되나 싶었는데, 공연 당일 여기저기서 문제가 빵빵 터졌다. 리허설은 음향 때문에 진행이 안 되고, 조명은 시간이 부족해 내가 봐도 엉성했다. 무엇보다 준비한 영상의 자막이 잘 보이지 않았다.

이제 와서 변명을 하자면 그 아티스트의 회사가 대관료를 아끼기 위해서 공연 당일 준비 대관을 충분히 하지 않았고, 시간이 촉박하다 보니 미흡한 부분이 사고로 터져 나왔다. 아티스트는 리허설을 하는데 표정이 점점 안 좋아졌고, 분위기도 그의 표정이 굳어감에 따라 함께 굳어갔다. 급기야 리허설 도중에 음향, 조명 감독님이 자리를 박차고 나갔다(사실 이 부분은 음향, 조명 감독님의 오버액션이라고 생각한다). 그렇게 미처 사고를 수습할 시간도 없이 공연은 시작되었고, 내 인생에 그렇게 가슴이 조려지고 속이 타들어가는 감정을 느낀 적이 있을까 싶을 정도로 콘솔에서 애간장을 태웠다.

공연의 매력(?)이라고 함은 '어떻게든 시간은 흐른다.'라는 것이다. 당연한 이야기이지만, 재밌는 공연이든 지루한 공연이든 시간이 지나 마지막 곡은 항상 흐르게 되어있다. 가슴이 타들어가던 이 공연도 어찌저찌 마지막을 맞이했고, 공연의 막은 내려갔다.

공연이 끝난 후 나는 일단 모두에게 사과를 했다. 가수, 연주자들, 감독님들, 회사 관계자들에게 돌아가면서 사과를 했다. 사과를 하면서도 너무 창피했다. 내가 지금까지 한 공연 연출이 스쳐 지나가면서 하나하나가 너무 초라한 느낌이 들었다. 공연이 끝난 후 회식에도 나는 초대받지 못했다. 초대를 받았다고 해도 내가 부끄러워서 가지 못했을 것이다. 그렇게 나의 굴욕의 밤은 지나갔다. 그날 밤, 그 감정은 아직도 너무 너무 생생하다. 아, 다시는 느끼고 싶지 않은 감정이다.

그리고 공연 다음 날, 월요일이었다. 시간은 아침 9시 30분경. 전화기에 그 회사의 대표님 이름이 찍히면서 전화가 울렸다. 나는 내심 '그래도 수고했다는 말 하시려고 전화하셨나?'라는 아주 순진한 생각으로 전화를 받았다.

"여보세요. 대표님, 그날 잘 들어가셨어요?"

"그날 왜 공연이 그렇게 됐는지 얘기 좀 해봐. XX."

일하면서 한 번도 들어보지 못한 쌍욕이었다. 말문이 막혔다. 월요일 아침 그 시간에 갑자기 정적이 흘렀다. 내 주위에 시퍼런 물이 들어차서 강제로 잠수한 기분이었다. 귀가 먹먹해지고 앞이 흐리게 보였다. 어떻게 변명을 했는지, 해명을 했는지 잘 기억은 나질 않는다. 사실 나도 잘한 것이 기억이 나질 않아서 계속 "죄송합니다. 대표님"만 반복했었던 것 같다. 전화를 끝내고 대략 한 시간은 멍하니 회사 앞에서 앉아 있었던 것 같다. 쌍욕의 데미지가 너무 컸다. '내가 이 길을 계속 가는 게 맞는가?' 이렇게 한 가수의 공연을 망친 사람이 두 번 망치지 말라는 법은 없지 않은가? 그 날 이후로 이런 고민을 많이 했다. 다시 잘 해보자는 결론이 났지만, 그 날은 쉽게 잊히지 않는 기억이다.

그 날 이후, 달라진 것이 많다. 나는 인터컴(공연 중 스태프들과 소통할 수 있는 마이크가 달린 헤드셋)에 대고 욕을 하지 않는다. 원래도 당연히 하면 안 되는 것이겠지만, 사실 공연 중에는 상황이 너무 급박하기 때문에 욕을 해도 어느 정도 이해해주는 분위기다. 하지만 나는 그날의 내 감정이 어떤 감정인지 알기에 결코 욕을 하지 않는다. 그리고 가장 중요한 변화. 연출에 대한 꿈이 커졌다. 빨리 유명한 가수의 공연을 하고 싶었다. 그래서 내게 쌍욕을 했던 그 대표님 앞에 가서 "그때 당신에게 욕먹던 내가 연출하는 공연이 이런 공연이다."라고 이야기해주고 싶었다. 소소하게 연출을 하는 것이 전부였던 나에게 큰 공연을 연출하고 싶다는 동기부여가 된 큰 사건임은 틀림없다.

정말 힘들고 지칠 때 그때 생각을 많이 한다. 그리고 "나중에 어떤 장소에서든 그 대표님을 많이 만나면 부끄럽지 않게 인사할 수 있는 사람이 되자."라고 마음을 다잡았다. 시간이 흘러 돌이켜보면 지금 가장 통쾌한 것은, 빨리 나는 그 대표님을 어디에서든 마주하고 싶다는 것이다. 만나서 웃으면서 명함을 드리면서 인사하고 싶다.

"안녕하세요, 대표님! 저 명승원이라고 합니다. 기억하시죠?"

5년 만에 걸려온 운명의 전화 한 통

2014년 여름 즈음이었다. 평소와 다름없이 사무실에서 오후를 보내고 있는 와중에 내 전화기가 울렸다. 전화기에 뜬 이름을 보니 약 5년 전에 포맨 콘서트 때문에 만났던 매니저 형이었다. 반가운 마음에 전화를 받았다.

나: 여보세요?

형: 승원아, 아직도 공연 쪽일 하냐?

나: 네, 하죠.

형: 아, 그래. 지금 어디야?

나: 형, 저 지금 사무실이죠.

형: 사무실이 어디지?

나: 연희동이에요.

형: 지금 가면 너 만날 수 있지?

나: 그럼요. 오세요!

조금 뜬금없긴 했지만, 오랜만에 걸려온 그 매니저 형의 전화가 반가웠다. 통화를 마친 후 30분 정도 지났을 무렵, 매니저 형이 우리 사무실로 들어왔다. 반가운 마음에 그동안 어떻게 지냈는지, 지금은 뭘 하고 지내는지, 별일은 없었는지 안부 얘기를 나눴다. 그러다 형이 말문을 열었다.

형: 승원아, 형이 회사에서 제프 버넷이라는 아티스트 내한 공연을 맡게 됐는데, 네가 좀 도와줄 수 있어?

나: 제프 버넷이요? 그 우리나라에서 유명한? 〈콜 유 마인〉?

형: 역시 넌 제프 버넷, 아네. 그거 좀 도와줄 수 있어?

나: 도와드릴 수 있죠. 어떤 걸 도와드려야 하죠?

형: 너 연출도 하지? 네가 연출 좀 맡아줘.

나: 예에?

너무나 갑작스레 훅 들어온 제안이라, 기쁘고 고맙다는 감정을 느끼기도 전에 나는 약간 황당하다는 생각을 했다. 나는 그때까지 그냥 인디 뮤지션들이 소소한 공연을 같이 만드는 수준의 연출이었지, 이렇게 국내에서 유명한 아티스트의 공연을 한 경험이 한 번도 없었다. 그래서 나도 모르게 이렇게 말했다.

나: 형, 저는 무리에요. 저는 작은 공연들 밖에 못 해봤고요, 아직 능력도 안 되는 것 같아요. 다른 사람을 소개해드릴게요.

아주 자신감 없는 거절의 답변을 나도 모르게 하고 있었다. 그런데 이때 돌아온 답변이 내 운명을 바꿔놓게 됐다.

형: 아, 그래? 아니, 그래도 네 프로필 한번 줘봐. 회사에 이야기나 해보자.
나: 아, 네. 형네 회사에서 맘에 안 들어 하겠지만, 알겠어요."

내가 거절했음에도 심지어 다른 사람을 소개해준다고 했음에도 형은 내 프로필을 받아 갔다(그때 그 형이 만약 다른 사람을 소개해달라고 했으면 그 사람 운명이 바뀌었을 수도 있다).

그날 저녁에 형에게 전화가 왔다.

형: 회사에 얘기해봤는데, 우리는 유명한 연출가 말고 우리랑 같이 만들어갈 연출을 찾는 거라 너 정도면 괜찮대. 같이 해보재.

나: 형, 완전 소름. 완전 감사합니다. ㅜㅜ

나의 첫 메이저 연출이 해외 내한가수의 연출이라니. 실감이 나질 않았다. 여기서 몇 가지 소름 포인트가 있다.

그때 내가 오랜만에 걸려온 전화를 반갑게 받지 못했다면 어땠을까? 나는 언제나 사람들과의 인연의 끈을 놓지 않는다. 어릴 때부터 그랬다. 어떤 사람이 생각이 나면 바로 전화를 걸어서 생각이 나서 전화를 걸었다고 하고 안부를 물었다. 그때도 오랜만에 걸려온 전화를 반갑게 받을 수 있었던 평소의 나에게 감사한다. 그리고 SNS의 중요성이다. 어떤 사람은 'SNS는 인생의 낭비'라고 했지만 내 생각은 다르다. 평소 페이스북을 통해 내가 연출을 시작했다는 것을 적극적으로 알렸다. 언제 어떤 가수의 연출을 했고, 그때의 느낌은 어땠는지 내 주변 사람들에게 공유했고, 그 내용은 주변 사람들에게 자연스럽게 알려졌다. 메니지 형도 갑자기 나에게 연락한 것이 아니었다. 페이스북에서 소소하지만 작게라도 연출을 경험한 나를 보고 연락을 했기 때문에 나에게 기회가 온 것이라고 생각한다. 또 한가지. 그때 기회가 온 줄 모른 채 나는 이 기회를 놓칠 뻔했다. 나도 모르게 거절한 답변에 형이 다른 사람을 소개해달라고 했다면? 생각만 해도 아찔하다. 돌이켜 보면 기회는 '안녕, 나 기회인데 내일 너한테 갈게. 준비하고 있어.' 이렇게 오지 않는다. '나 기회라는 애인데, 10분 줄게. 지금 잡을 생각 없으면 나, 갈게.' 이런 식이다. 그때 프로필을 보내지 않았다면, 제프 버넷 내한 공연 연출의 기회는 다른 사람에게 갔거나 내가 다른 사람에게 주었거나였을 것이다. 그리고 나는 기회가 다른 사람에게 간 사실도 모른 채 아무 일도 없이 살아갔을 것이다.

아직도 그때 매니저 형이 "그래도 너 프로필 한번 줘봐. 회사에 이야기나 해보자."라고 다시 한번 얘기해주었던 것에 감사하며 산다.

영어의 중요성_ 제프 버넷 내한 콘서트

공연 이야기 중간에 잠깐 영어 이야기를 해보겠다. 영어 이야기를 하려면 내 친구 김소연을 소개해야 한다. 공연을 함께 공부했던 가장 친한 친구로, 지금은 콘서트 무대감독이며 무대감독회사 엘라컴퍼니 대표로 활약 중이다. 이 친구는 고등학교 때 호주로 유학을 가서 대학교까지 호주에서 유학을 하고 온 유학파로, 영어로 의사소통이 가능한 스태프이다.

나는 살아오면서 수능시험을 볼 때와 대학교 원어 수업 때 빼고는 영어로 프리토킹이 안되는 것에 크게 불편함을 못 느끼고 살아왔다. 그렇게 위안으로 삼았을 수도 있지만. 그런데 그 불편함을 제프 버넷의 내한 공연 연출을 하면서 뼈저리게 느꼈다. 아티스트가 한국에 입국하기 전까지는 중간에 통역을 해주는 분도 있었고, 텍스트로 의견을 나누었기 때문에 여느 때와 다름없이 소통에 문제가 없었지만, 아티스트를 만난 후부터 나는 마치 길거리 외국인이 갑자기 길을 물었을 때의 그 당황함을 그대로 느끼게 되었다.

그때도 가수가 공연장에 들어와 나를 보고 인사를 하고 "How are you?"라고 물었다. 내가 어떻게 말했을지 대충 짐작이 가지 않나? "I'm fine. thank you. and you?" 아니다. 그냥 "fine."이라고 했던 기억이 있다. 더 이상 영어로 대화를 이어가기 싫었던 것 같다. 그 순간 얼마나 내가 바보 같이 보였는지. '아, 엄마, 아빠, 선생님, 교수님이 영어 공부하라고 할 때 할걸.'이라는 후회를 했다.

나와는 반대로 위에서 소개한 내 친구 김소연은 제프와 거리낌 없이 소통했다. 내가 친구에게 말을 하면 무대 위에서 아티스트에게 그대로 통역해주었다. 나도 든든했지만 그 아티스트도 무대에 영어를 할 수 있는 사람이 있으니 든든하게 생각하는 것 같았다. 내 친구지만 정말 멋있었다. 그리고 부러웠다. 공연 내내 나는 아티스트와 직접 소통을 거의 하지 못하고 소연에게 내 감정을 전달했고, 그 감정은 소연을 거쳐서 제프에게 갔다. 아무래도 직접 소통을 하는 것보다 많은 생각을 나누지 못했다는 느낌이 많이 들었다.

지금 뜬금없이 이 이야기를 하는 이유는, 혹시 이 글을 중고생 또는 대학생들이 읽고 있다면 영어를 필수적으로 공부하는 게 삶의 무기가 될 수 있다는 점을 말해주고 싶어서다. 나는 영어와 관련이 크게 없는 직업인 줄 알았는데, 이제는 아이돌의 해외 투어가 일상화되어 있기 때문에 몇 년 전과는 다를 상황이 되었다. 해외 투어를 나갈 때도 마찬가지다. 영어는 큰 무기가 된다. 현지 스태프들과 조율사항을 협의할 때부터 현지에 도착했을 때의 의사소통 등 영어를 할 수 있으면 큰 장점으로 활용할 수 있다.

부끄럽게도 아직도 나는 영어를 잘하지 못한다. 하지만 공연을 하고 싶은 사람 중에 혹시라도 이 글을 읽는 학생이 있다면, "영어 공부를 꼭 하라."고 말해주고 싶다.

나를 믿어준 가수가 건넨 한마디

세상을 살아가다 보면 내가 알고 있던 것들이 갑자기 서로 연결되고 있다는 느낌을 받을 때가 있다. 그리고 우연한 일들이 많이 벌어질 때도 있다. 2015년은 바로 이런 일들이 나에게 벌어지던 때였다. 중학교 친구 중 한 명이 비정상 회담에 출연한 '로빈'이라는 방송인의 매니저를 담당했었다. 그때 마침 한 방송프로그램에 출연하게 되었는데 일요일 오전에 방송되었던 '해피타임'이라는 프로그램이었고, 그 프로그램의 메인 MC가 문희준이라는 아티스트였다. 우연히 그 사실을 알게 된 나는 그 친구에게 "언제 한번 희준이 형한테 인사하러 방송국 한번 놀러 갈게."라고 말하곤 했다.

문희준이라는 아티스트는 나에겐 누구보다 특별한 사람이다. 일단 문희준이란 아티스트를 설명하려면 시간을 거슬러 올라가 내가 열두 살 때로 돌아가야 한다. 때는 1996년, H.O.T.라는 대한민국 대중음악계에 전무후무한 1세대 아이돌 그룹이 세상에 나왔고, 그들은 한국 대중음악에 돌풍을 일으키고 신기록을 갈아치우며 부정할 수 없는 대한민국의 1등 아이돌 그룹으로 자리매김한다. 지금은 유튜브라는 플랫폼 때문에 K-POP이 전 세계에 알려질 수 있게 되어 한국에서 BTS라는 월드와이드 TOP 아이돌이 탄생할 수 있었지만 당시만 해도 그런 상황은 아니었다. 그렇지만 그때의 H.O.T. 인기는 체감상 나에게는 BTS급 이상이었다.

그 그룹의 리더를 맡았던 사람이 바로 문희준이다.

그때 내 일기장에는 온통 H.O.T. 이야기뿐이었고, 그중에 문희준이란 아티스트를 가장 동경했다. 그랬던 꼬맹이는 약 17년 뒤 2013년, 그 꿈에 그리던 가수 문희준의 콘서트 〈Who Am I?〉를 기획하게 된다.

여기서 잠깐. 공연 기획과 연출을 헷갈려 하는 사람들이 많은데, 공연 기획은 공연이라는 상품을 개발하고 제작하여 수익을 창출하는 공연 비지니스를 하는 것이고, 연출은 무대에서 아티스트가 관객에게 보이는 모든 부분에서의 크리에이티브를 창출해내는 역할로 예술 성향이 더 부각되는 직업이다.

2013년 문희준이라는 아티스트와의 만남은 나에게 신선한 충격을 안겨준 사건이었다. 문희준이란 아티스트는 공연을 대하는 태도가 매우 진지했고, 본인만의 공연 철학을 가지고 있었다. 솔로 데뷔 후에는 음악도 한 곡, 한 곡 직접 만들어서 누구보다 본인의 음악을 잘 알고 있는 아티스트였다. 팬들에 대한 애정도 또한 높아서 어떤 연출을 하더라고 관객의 입장을 먼저 생각하는 연출력 있는 아티스트였다. 수천 번 무대에 올라봐서 그런지 공연 흐름의 포인트를 정확히 알고 있었고, 어떤 부분에서 어떻게 하면 효과적인 연출을 할 수 있고 관객과 호흡할 수 있는지 정확히 알고 있었다. 마이클 잭슨의 영향을 많이 받았다고 했는데, 난 이때 아티스트 문희준에게 배우고 느꼈던 부분을 연출에 지금도 활용한다(문희준이라는 아티스트는 내가 콘서트 연출을 함에 있어 굉장한 영향력을 끼친 아티스트이다).

그런 모습을 보고 공연을 기획한 기획자로서 진심을 담아 최선을 다했고, 아티스트 또한 그런 모습을 보고 예뻐해주었다. 무엇보다 내 말에 귀 기울여주었다. 우리는 연습이 끝날 때마다 식사를 함께 하면서 음악과 공연 이야기를 굉장히 많이 했고 일로 만난 사이지만 서로 믿고 신뢰하는 관계로 발전하게 되었다.

그로부터 2년 후인 2015년, 친구 차를 타고 방송국에 놀러 간 나는 그 방송국 대기실에서 2년 만에 아티스트 문희준을 마주하게 됐다.

나: 형, 안녕하세요! 오랜만에 봬요!

희준: 그래, 오랜만이네. 별일 없지?"

나: 별일 없어요. 근데 형, 공연 계획 또 없으세요?

희준: 공연, 해야지. 조만간 만나서 이야기해보자.

나: 네, 형. 좋아요! 아 참, 저, 연출로 데뷔했어요.

희준: 아, 그래? 잘됐다. 승원이 네가 이제 내 공연 연출 하면 되겠다.

'어? 이 장면 어디서 많이 본 장면인데?'

항상 동경하고 상상을 했던 장면이 내 현실에서 이루어지는 순간이었다. 누구나 그런 순간이 있을 것이라고 생각한다. 이 순간이 나에겐 바로 그 순간이다. 나는 어떤 일이 하고 싶거나 이루고 싶으면 무조건 그 일이 실제로 일어난다는 상상을 한다. '이러면 얼마나 좋을까?'라고 상상하다 보면 실제로 이루어지는 경우가 정말로 많다. 그래서 내가 이루고 싶은 것들을 노트에 글로 기록해두는데 항상 이 장면을 상상했었다. 내가 문희준의 연출을 한다면 마음을 다해 나도 잘 해낼 수 있을 것 같다는 생각을 했다.

그리고 그 순간이 "승원이, 네가 이제 내 공연 연출하면 되겠다."라는 아티스트의 한마디로 실제로 이루어졌다. 지나고 보니 가수가 먼저 이렇게 흔쾌히 연출을 제안하기가 쉽지 않고, 굉장히 드문 일이라는 것을 알게 되었다. 사실 드문 일이 아니고 거의 불가능한 일이라고 봐도 무방하다. 우연히 방송국에 놀러 갔다가 행운을 만난 것이다!

이렇게 나는 다시 한번 메이저 가수 콘서트 연출, 그것도 내가 좋아하고 신뢰하는 가수 문희준의 콘서트 '문희준 9th 라이브 콘서트 〈19: nineteen〉'을 연출하고 함께 고민할 기회를 얻게 되었다. 그리고 그 공연의 리허설 날, 내 운명을 바꿔놓은 전화 한 통을 받았다.

너, 우리 회사로 올래?

2015년 8월 20일 저녁 7시. 원래대로라면 가수 문희준의 콘서트 리허설이 시작되어야 할 시간에 갑자기 내 전화가 울렸다. 내 전화기를 보니 예전부터 저장만 되어있던 이름이 떴다. '인터파크 김형균 팀장님.' 예전에 다른 일 때문에 만난 적이 있어 서로의 존재는 알고는 있었지만 한 번도 연락해본 적이 없던 사이인데 갑자기 전화가 온다는 것은 뭔가 특별한 일 때문이라는 직감이 왔다. 나는 어떤 기회가 올 때마다 촉으로 느낀다. 이때도 마찬가지였다. 전화번호를 보고 1초 만에 '나에게 새로운 기회가 생기겠다.'라는 것을 직감했다.

나: 여보세요. 안녕하세요, 팀장님. 어쩐 일이세요?

팀장님: 응. 그냥 오랜만에 한 번 해봤어. 지금 통화 가능하니?

나: 네, 가능은 한데 리허설 시간이어서 가수가 오면 끊어야 할 것 같아요.

팀장님: 아, 문희준 공연하는구나.

나: 네, 맞아요. 어떻게 아셨어요?

팀장님: 들어서 알지. 요새 연출 본격적으로 시작했다고 들었어.

팀장님은 내가 2년 전에 연출을 시작했고, 지금까지 어떤 공연을 했는지 대략 알고 전화를 한 것 같았다. 안부 인사를 끝내고 본격적으로 전화한 이유에 관해 들려주었다. 인터파크씨어터 공연 제작팀에 연출 공석이 생겨서 고민하다가 내 이야기를 듣고 그 자리에 올 후임으로 내가 생각났다고 했다.

이 상황을 비유하자면, 마이너리그에서 언제 메이저리그로 올라갈지 모르는 한 야구선수가 내 미래가 어떻게 될지 모르는 상태에서 열심히 연습을 하다가, 옆에 와 있던 메이저리그의 스카우터에게 스카우트 당하는 그런 상황이었다. 같은 야구를 하지만, 메이저리그와 마이너리그는 대우 자체가 완전히 다르다. 일단 연봉부터 큰 차이가 난다. 메이저리그와 마이너리그의 연봉은 약 55배 차이로 같은 야구를 하더라도 하늘과 땅 차이다. 메이저리거들은 급여시스템도 연봉제로, 시즌제로 받으며 아르바이트로 생계를 이어나가야 하는 마이너리거들과는 급이 다르다. 또한 메이저리거들은 경기를 하러 이동할 때, 전용기를 타고 가서 특급호텔에서 지내지만, 마이너리거들은 버스를 타고 이동한다. 그리고 숙소도 모텔을 이용하는 편이라고 한다. 눈에 보이는 것은 이 정도지만, 생각건대 가슴속에 '나는 메이저리거야.'라는 자부심이 있고 없고의 차이가 가장 클 것이라 생각한다.

팀장님은 전화로 연출을 계속할 생각이 있는지, 앞으로의 방향이 설정되었는지 물어보았고 나는 그동안 내가 생각했던 것을 소신 있게 말했다. 팀장님도 내가 이렇게 많은 생각을 하고 있었는지 놀라는 눈치였다. 그리고 마지막으로 팀장님이 던진 한마디.

"너, 우리 회사로 올래?"

그때 내 머릿속에는 딱 한 가지 생각이 떠올랐다. '이 기회를 놓치면 다시는 이런 기회는 오지 않는다.' 이 전 제프 버넷의 콘서트 연출제안을 받았을 때 잘 할 수 있음에도 불구하고 나 자신을 믿지 못하고 거절해서 나에게 온 황금 같은 기회를 하마터면 놓칠 뻔했던 기억이 떠올랐다. 또 그런 실수를 반복하고 싶지 않았다. 곧장 전화로 답을 했다.

"팀장님, 저 무조건 가겠습니다. 무조건 갑니다."

항상 하는 이야기이지만, 이 장면도 내 미래의 노트에 적혀 있었던 것이다. 그 노트에는 연출을 시작하고 나서 우리나라에서 가장 활발하게 공연 사업을 하고 있는 대기업(그 당시 CJ 또는 인터파크)에서 일을 해보는 것이 목표로 적혀 있었다. 그 장면이 현실에서 이루어진 것이다.

내 답을 들은 팀장님과의 전화 통화는 1시간가량 이어졌고, 내가 회사를 옮기는 것으로 결론이 났다. 한 시간가량 전화하고 난 후 아티스트의 매니저에게 도착한 문자 메시지를 뒤늦게 확인했다. '감독님, 오늘 방송 녹화가 길어져서 리허설에 약 한 시간가량 늦을 것 같습니다.' 문자를 보고 속으로 생각했다. '늦게 와줘서 고마워요.'

그렇게 나는 정확히 40일 뒤 인터파크 창립기념일인 10월 1일에 회사에 입사했고, 그때부터 공연 기획자로서의 삶이 아닌 콘서트 연출가로 살게 되는 운명의 대전환점을 맞이하게 됐다.

제일 높은 천국으로 가세요
_ 딕펑스 콘서트 〈클럽 딕펑스〉

10월 1일 입사가 결정됨과 동시에 첫 번째 프로젝트가 나에게 맡겨졌다. 바로 밴드 '딕펑스'의 콘서트였다. 10월 3일에서 4일 양일간 열리는 콘서트였는데, 입사 바로 다음 날이 리허설이었다. 그래서 이직이 결정 난 뒤 소속은 이전 회사로 되어 있었지만 딕펑스 콘서트에 연출로 들어가게 되었다. 이번 콘서트는 내가 공연 기획 과정에 참여하기 전, 클럽 콘셉트로 콘셉트가 이미 정해져 있었고, 제목도 '클럽 딕펑스'로 결정 난 뒤였다. 서강대학교 메리홀에서 하는 클럽 콘셉트의 콘서트였다. 이제부터 나의 숙제는 그 '클럽이라는 큰 콘셉트 안에서의 연출을 어떻게 하는가'였다.

누가 뭐래도 공연에서 가장 중요한 것 중 하나는 공연할 때 부르는 곡, 셋 리스트이다. 셋 리스트는 콘서트에서 아티스트가 라이브를 하는 곡의 리스트로, 콘서트의 흐름을 정해주고, 관객의 집중도를 결정하며, 그 공연의 성패를 좌우한다. 콘서트는 오래전부터 아티스트를 좋아했던 팬들이 듣고 싶어하는 곡부터 일반 대중들이 관객으로 왔을 때도 어색하지 않을 셋 리스트로 구성하는 것이 가장 좋다(물론 콘서트에 정답은 없지만, 내 의견은 그렇다). 셋 리스트를 구성하는 것은 언뜻 보면 쉬워 보이지만 참 어려운 일이다. 아티스트가 지금까지 발매했던 곡들(정규, 싱글, 미니, OST 등)을 다 알고 있어야 내가 생각하는 의도대로 적재적소에 곡을 넣을 수 있다. 이 곡이 왜 이 순서에 배치되었는가의 명분이 있어야 그 곡이 빛날 수 있다.

여기서 잠깐, 공연 강의를 하다 보면 자주 받는 질문 베스트 3 가운데 '셋 리스트를 누가 짜는지'가 꼭 포함된다. 그만큼 콘서트에 중요한 부분이기 때문에 관심이 많은 것 같다. 대단한 것은 아니지만 이 책을 읽는 독자에게 알려드리겠다. 정답은 '케바케'이다. 셋 리스트를 정하는 주체는 정말 다양하다. 아티스트가 직접 1번 곡부터 마지막 앙코르곡까지 구성을 정해서 회의에 참여하는 예가 있고, 반대로 연출가가 구성한 셋 리스트를 기본으로 아티스트의 의견이 더해지는 예도 있다. 또한 아이돌의 경우 셋 리스트를 회사에서 1차로 구성하는 예도 있다. 그리고 빈 종이를 두고 스태프들과 한 곡, 한 곡 정하는 예가 있다. 정말 여러 가지다.

나는 대체로 내가 구성한 셋 리스트를 가지고 아티스트의 의견을 들어 셋 리스트를 구성하는 것이 가장 좋은 결과물을 낼 수 있다고 생각한다. 연출가는 가수보다 객관적인 시선으로 공연을 바라볼 수 있기 때문이다. 처음에 아티스트가 셋 리스트를 짜는 상황에서 몇 번의 호흡을 맞추다 보면 자연스럽게 연출가가 먼저 셋 리스트를 구성해 제안하게 된다. 공연을 함께 하는 동안 서로 신뢰가 쌓인 결과다.

다시 딕펑스 콘서트의 이야기로 돌아가 보겠다. 멤버들과 미팅이 잡혔다는 얘기를 듣고 나는 내 나름대로 셋 리스트를 작성했다. 물론 그들의 첫 번째 앨범부터 그때 당시에 마지막 발매한 앨범까지 수십 번을 들은 후였다. 그뿐인가. 공연 콘셉트인 '클럽'에 맞춘 셋 리스트도 적어보았다. 딕펑스는 클럽에서 공연하던 시절 팬덤이 시작되었던 밴드로 '클럽'이라는 단어는 '고향'과도 같은 느낌을 주었다. 그래서 그들이 클럽에서 공연할 때 주로 했던 곡들을 위주로 한 셋 리스트를 작성했다. 클럽 공연에서부터 그들과 함께한 팬들에게 선물 같은 시간을 선물하자는 의도였다. 그리고 진짜 클럽 공연을 할 때처럼 앙코르곡을 열린 결말로 남겨두었다. 클럽 공연에서는 다른 공연과 비교했을 때 자유롭기 때문에 정해진 앙코르곡 외에도 그 날 관객들의 분위기를 보고 즉흥적으로 앙코르가 추가되는 경우가 많기 때문이다.

며칠간 고민한 결과물은 내 엑셀 파일에 한 곡, 한 곡 적혀 있었다. 그다음 엑셀에 탭을 하나 더 만들어 내가 만든 셋 리스트를 복사했다. 그리고 내가 적어 놓은 곡들의 제목을 지우기 시작했다. 이렇게 제목을 지우니 빈칸만 있는 셋 리스트가 남았다. 내가 생각한 셋 리스트와 빈칸만 남은 셋 리스트를 모두 출력해 아티스트 미팅에 참석했다.

"안녕하세요. 이번 연출 맡게 된 명승원입니다."로 시작된 미팅은 순조롭게 진행됐다. 그리고 이제 대망의 셋 리스트 결정의 시간이 다가왔다. 나는 멤버들에게 빈칸만 남은 셋 리스트 구성안을 내밀었다. 멤버가 4명이기 때문에 4장을 책상 위에 내려놓았다.

나: 셋 리스트 같이 한번 생각해봤으면 좋겠어요.

딕펑스: 그럴까요?

밴드멤버 4명 모두 셋 리스트의 빈칸을 채워 넣기 시작했다. 멤버들 나름대로 공연에 대해 생각하는 것들이 있기 때문에 각자 생각한 대로 빈칸을 채워나갔다. 그렇게 회의시간이 지나갈수록 셋 리스트에 대한 회의는 끝도 없이 길어졌다. 물론 한 번에 셋 리스트를 짜겠다는 마음을 가지고 오지는 않았지만, 대부분을 결정하고 싶었다.

고민의 고민을 거듭하고 긴 시간이 지날 때쯤 "사실 제가 셋 리스트를 준비해 오긴 했는데, 제 이야기 한번 들어보실래요?" 그러고는 내가 며칠간 고민했던 셋 리스트를 멤버들에게 나눠주었다. 그러고는 내 생각을 설명했다. 이 곡은 왜 여기에 있고, 이 곡은 왜 뒤로 가 있는지, 앙코르는 왜 정해놓지 않았는지, 등등 멤버들이 궁금해할 만한 것들이나 꼭 설명해야 하는 것들에 대한 이야기들을 차근차근 풀어나갔다. 결과는 대성공! "네, 감독님이 이야기해주신 대로 연습하다가 문제 있는 곡 있으면 알려드릴게요!"라고 멤버들이 이야기를 해주었고, 오래 걸릴 것 같았던 셋 리스트 회의는 그리 길지 않는 시간 안에 끝낼 수 있었다.

기억에 남는 건 마지막 곡이었다. 딕펑스는 밴드임에도 불구하고 발라드가 특히 좋은 팀이다. 음악을 들으면서 딕펑스의 매력을 너욱 깊숙이 알게 되었는데, 마지막 곡을 발라드곡으로 정해 팬들에게 깊은 여운을 남기고 싶었다. 그리고 소극장이라서 가능한 연출을 제안했다. 보컬이 마이크를 내리고 무반주로 육성으로 부르는 씬을 제안했다. 딕펑스는 그때까지만 해도 반신반의했지만, 내가 제안한 씬을 시도해주었다 (너무 고마웠어).

대망의 공연 날. 마지막 앙코르 곡이 끝나고, 공연장 하우스에 불이 켜지는 순간에 비로소 웃을 수 있었다. 나와 아티스트가 생각한 것들을 아티스트가 무대에서 완벽히 보여주었기 때문이다. 아직도 클럽 딕펑스의 마지막 곡 '나비'는 많은 딕펑스 팬들에게 사랑받는 영상으로 기억된다. 그리고 나는 딕펑스 팬들과 그날의 관객들이 남겨놓은 공연 후기를 찾아보았다. 티켓구매사이트인 인터파크의 공연 후기와 더불어 네이버 블로그, 그리고 디씨인사이드의 익명 후기까지 꼼꼼히 읽었다. 공연 연출에 변화를 주기 위해서라기보다 '내가 생각하고 있는 방향성이 아티스트에게 도움이 될까?' '팬들은 만족하고 있는 것일까?'라는 물음을 공연 후기로 어느 정도 짐작할 수 있기 때문이다. 다행히 그날의 공연은 나와 아티스트만 만족하는 공연은 아니었나 보다. 좋은 후기들이 이어지는 가운데, 지금도 가슴 한구석에 있는 후기가 있다. 디씨갤러리에 있는 후기였는데 익명 후기이다 보니 후기들이 좀 찐하다. 게다가 반말이다. 순화해서 소개해보겠다.

「무반주도 찔고 그러고 나서 막 내려오고 그 뒤에서 연주하는 거지림. 연출 미쳤음. 아이디어 낸 사람 제높천('제'일 '높'은 '천'국에 가라는 극찬). ㅠㅠ」 (딕갤러 1)

「마지막에 무반주로 무마이크로 부르고 악기가 폭발하듯이 합쳐지면서 조명이 무대 쪽을 밝게 비추는데, 진짜 우주에 있는 느낌이었음. 연주 끝나고 조용해졌을 때 감히 앙코르라는 소리가 안 나오더라. 딕펌스나 팬들한테 의미 있는 곡인 그 곡을 연주하고 노래 부르고 들어간 사람들을 감히 다시 무대에 부르기 미안한 느낌이었음. 마지막 두 곡 그렇게 연출한 거 진짜 기특함. 상줘야 함.」 (딕갤러 2)

이 찐한 후기로 인해 내 마음속의 메이저리그(?)에 데뷔해 안타 정도는 친 느낌이었다. 그래서 힘들 때마다 이 후기를

보며 힘을 내곤 한다. 이 글을 빌어 다시 한번 그 딕펑스 팬에게 얘기하고 싶다.

"몇 년이 지난 지금도 그때 써 주신 후기 글 보고 힘내고 있답니다. 감사해요!"

문제를 해결하는 최선의 방법
_ 두 번째 딕펑스 콘서트 〈컬러풀〉

공연 연출 과정에 대해 강의할 때 그 과정을 '문제를 풀어나가는 과정의 연속'이라고 설명한다. 어떤 아티스트와 콘서트 연출 계약을 함과 동시에 '100개의 문제가 나타났다.'라고 생각하면 되고 콘서트 당일까지 그 문제를 해결해 나가는 과정이 콘서트 연출 과정이라고 강의한다. 이것은 내가 콘서트 연출을 할 때마다 느끼는 것인데, 콘서트 연출을 하는 과정에서는 수도 없이 해결해야 할 일들이 발생한다. 예를 들어 콘서트의 콘셉트에 대한 문제, 셋 리스트에 대한 문제, 공연장에 장비에 대한 문제, 음향에 대한 문제, 악기에 대한 문제, 연습에 대한 문제, 조명에 대한 문제, 예산에 대한 문제 등등 잠깐 열거했지만 수도 없고 끝도 없는 문제들이 발생한다.

2015년 딕펑스 콘서드의 두 번째 연출을 할 때, 지금까지도 쉽게 잊을 수 없는 큰 문제가 발생한 끔찍한 경험을 소개하겠다. 정확한 날짜는 2015년 12월 20일. 장소는 블루스퀘어. 딕펑스의 연말 콘서트 〈컬러풀〉이라는 공연을 하는 날이었다. 〈컬러풀〉이라는 공연은 다양한 일들이 일어난 2015년을 정리하는 의미로 '프로젝션'을 활용해 팝하고 컬러풀한 연출을 하는 것이 콘셉트인 공연이었다. 프로젝션이란, 빔프로젝터를 활용한 공연 연출로 앞에서 그림의 컬러를 덮어씌우는 장면이 많았던 공연이었다. 컬러를 덮어씌우는 것이 가능하니 그만이 지닌 장점을 살려서 모든 무대를 흰색으로 만들었고, 피아노도 흰색 그랜드 피아노를 사용했다. 심지어 가수의 의상도 흰색으로 입었다.

여느 때와 다름없이 테크 리허설을 진행하려고 하는 순간이었다. 테크 리허설이란, 가수가 무대에 올라와 리허설을 하기 전에 연출가와 스태프들이 가수가 공연 때 이동하는 동선을 확인하고 기술적으로 문제가 없는지 확인하며 디테일을 수정하는 스태프 리허설이라고 생각하면 된다. 한데, 어떤 것이 문제였는지 모르겠지만 무대에 조명이 밝아지니 프로젝터가 아예 보이지 않았다. 원래 컬러풀한 그림들이 흰색의 공간들을 감싸는 장면을 연출하고 싶었던 나는 눈 앞에 펼쳐진 상황에 눈앞이 캄캄했다. 프로젝터가 문제였는지, 조명이 문제였는지 판단이 서질 않았다. 일단 나는 상황을 해결해보기 위해 아티스트에게 양해를 구했다. 그러고는 리허설을 잠시 미루고 이런저런 시도를 해보았다. 프로젝터를 껐다가 켰다를 몇 번을 반복하고, 조명을 이렇게 해봤다가 저렇게도 해봤다가 전화를 꺼내서 누군가에게 조언을 구하기도 하고 스태프들에게 큰소리도 쳐봤다. 시간은 흐르고, 내 등줄기에도 땀이 흘렀다. 정말 눈앞이 캄캄했다. 이 상황을 어떻게 해결해야 할지 좋은 방법이 도저히 생각이 나질 않았다. 공연 시간이 가까워지고 이제 정말 리허설을 하지 않으면 안 되는 시간이 되었다. 마음의 결심을 했다.

'솔직하게 말하자.'

어떠한 문제가 발생했을 때 문제를 해결하는 가장 **빠른** 방법은 솔직하게 말하는 것이다. 솔직하게 말하면 그때 당시에는 욕을 먹을 수도 있고 비난을 받고 곤경에 처할 수도 있지만, 시간이 지났을 때 그 솔직함은 누군가를 속이지 않고 문제를 해결했다는 자부심으로 바뀌어 마음속의 당당함을 품게 된다. 그리고 무엇보다 요리조리 빠져나갈 심산으로 변명을 하거나 거짓말을 하면 그 상황을 지켜보는 사람들은 내가 거짓말을 하고 있다고 무조건 느낄 수 있다. 그런 상황이 있지 않는가? 머리를 써서 상황을 모면하려는 사람을 보면 거짓말을 하는 줄 바로 알아챘던 경험 말이다. 그리고는 그 사람이 다음에 진실을 말해도 쉽게 믿을 수 없었던 경험도 분명히 있을 것이다. 솔직함은 시간이 지나면 보석으로 변한다.

솔직하게 이 상황을 말하기로 다짐을 하고 대기실 복도로 들어갔을 때 그 참담함이란.

"밖에서 같이 담배 한 대 피우시죠."

내 얼굴에 무슨 문제가 있는지 이미 쓰여 있었기 때문에 멤버들도 밖으로 따라 나왔다. 아직도 생생하다. 그날의 공기와 상면들이. 딕펑스 멤버 4명과 나, 그리고 매니저까지 남자 여섯 명이 커다란 원을 그리면서 이 상황을 어떻게 해결할지 대화를 했다.

"문제가 생겼는데, 멤버분들께 거짓말은 하기 싫어요. 제가 연출로 의도했던 것들이 구현되지 않을 것 같아요. 정말 죄송합니다. 어떻게든 이 상황을 해결하고 싶어 상의 드리려고 긴급회의 요청드렸습니다."

공연 내내 조명을 끌지 안 끌지에 대한 잠깐의 토론은 2:2 의견으로 결론이 나지 않았고, 그 긴급회의 마지막은 "그냥 감독님 믿고 갈게요!"로 끝이 났다. 그들도 나도 그렇게밖에 결론을 낼 수 없던 상황이었다.

운명의 시간은 어김없이 찾아왔고 멤버 김현우의 피아노 오프닝 연주를 시작으로 2015년 딕펑스 연말 콘서트가 시작됐다. 화려한 조명과 함께 관객의 함성이 울렸고 공연은 생각했던 것보다는 순조롭게 진행되었다. 그날은 참 이상했다. 중계 카메라는 관객들에게 아예 보이지도 않았고, 어떤 한 곡에서 보컬 김태현이 연주하려던 건반은 전원 연결이 똑바로 되지 않았다. 공연하는 내내 속으로 내가 할 수 있는 욕은 다했다. 물론 입 밖으로 꺼내지는 않았으나 누군가 그날의 나를 봤으면 이미 내 이마에 온갖 욕설이 쓰여 있었을 거다.

그렇게 두 시간가량의 시간이 흘러 공연의 제1 법칙 "어쨌든 마지막 곡의 시간은 온다."를 체감하며 마지막 곡을 마쳤다. 공연장 불이 켜지기가 무섭게 재빨리 밖으로 나가 계단에 걸터앉아서 줄담배를 피웠다(지금은 담배를 끊었지만 그때는 공연이 끝난 후 피우는 담배가 정말 환상적이었다). 그동안 준비한 과정이 너무 아까웠고, 관객들에게 창피했고, 멤버들과 스태프들에게 미안했다.

회식 자리로 이동한 뒤 멤버들에게 먼저 미안하다고 사과를 했다. 내가 잘 준비하지 못한 탓에 그들의 공연에 스크래치가 났다고 생각하니 정말 면목이 없었다. 하지만 멤버들이 나에게 해준 대답은 "솔직하게 말해주셔서 감사합니다. 이렇게 솔직하게 말해준 감독님은 처음이에요. 오히려 더 믿음이 생겼어요."였다. 그 뒤로 딕펑스의 콘서트는 내가 연출을 맡아서 하게 되었다. 군대 가기 전날 하는 김현우의 콘서트도, 멤버들 모두 제대를 하고 곧바로 했던 딕펑스의 제대 콘서트도, 그리고 그 뒤에 이어졌던 겨울 콘서트도 모두 내가 연출을 맡게 되었다. 그때 멤버들에게 뭐라 정확하게 말을 하지는 못했지만, 그 사건으로 아티스트와 진정으로 소통하는 기분이라는 것이 어떤 것인지 확실하게 느꼈다. 그리고 이 사건 이후로 나는 더 솔직해졌다. 잠시 욕을 먹거나 분위기가 좋지 않더라도 솔직한 내 실수를 인정하고 상황을 수습하는 것이 정답이라는 것을 알았기 때문이다.

그리고 그 사건이 있었던 2015년으로부터 5년 뒤, 나는 그들의 유튜브 채널에 첫 번째 게스트로 초대되었고, 그날의 사건을 서로 웃으면서 추억할 수 있었다. 우리가 친해질 수 있었던 계기였다고 스스럼없이 말할 수 있었다. 그 당시에는 위가 뒤틀리고, 입이 마르고, 머리가 어지럽고, 오금이 저리는 상황이었음에도 불구하고 몇 년 뒤에는 이렇게 웃으면서 말할 수 있는 상황이 되었다. 이게 바로 솔직함의 힘이라고 생각한다.

가끔 내가 그 날로 돌아가면 다시 솔직하게 말할 수 있을까? 하는 생각을 한다. 나는 망설임 없이 대답할 수 있다. 다시 그 날로 돌아간다고 해도 내 선택은 바뀌지 않을 거라고.

힙합이 좋냐? 밴드 음악이 좋냐?

장 폴 사르트르는 이렇게 말했다.

"인생은 B(birth)와 D(death)사이의 C(choice)이다."

너무나 유명한 말이라 살면서 많이 들어봤겠지만, 이 말처럼 내 커리어에 있어서 가장 큰 영향을 끼친 선택을 소개하려 한다.

입사 후 얼마 되지 않았을 때 일이다. 점심을 먹으러 팀 전체가 밖으로 나왔다. 걷다 보니 우연히 팀장님과 나란히 걷게 되었다. 그때 팀장님이 내게 물었다.

"승원아. 너는 힙합이 좋냐? 밴드 음악이 좋냐?"

갑자기 훅 들어온 질문에 고민할 겨를도 없었다. 이 질문이 나에게는 굉장히 어려운 질문이다. 중고등학교 때에 밴드 동아리를 했기 때문에 밴드 음악을 좋아했고, 그 뒤로 흑인음악에 빠져 살았기 때문에 힙합도 좋아하는 음악 장르였다.

"힙합도 좋아하는데, 밴드 음악도 엄청 좋아하죠."

이 대답이 내 경력에 엄청난 영향을 끼치리라고는 생각도 하지 못한 채 대화는 그렇게 끝이 났다. 돌이켜 생각해보면, 이 대답은 2015년 연말 공연 각 프로젝트의 연출 자리를 고민하던 팀장님의 선택에 영향을 끼친 것 같다. 그때 우리 팀 공연 프로젝트는 한 힙합 레이블의 패밀리 공연과 인터파크 소속 밴드인 국카스텐의 공연이 잡혀 있었다. 아마도 힙합을 좋아한다고 말했다면, 대형 힙합 레이블 공연을 맡게 되었을 수도 있다. 지금에서야 말하지만, 나는 그 대형 힙합 레이블의 모든 음반을 외우고 있었고, 시디 트랙 순서와 피쳐링 가수, 심지어 어떤 악기가 어떻게 쓰였고, 어디서 박자가 바뀌는지, 어디가 가사의 킬링파트인지 모두 꿰고 있었다.

며칠 뒤, 2015년 각 프로젝트 담당자가 결정 났다. 나는 국카스텐이라는 밴드의 콘서트를 맡게 되었다. 국카스텐은 우리나라 밴드 음악 씬에 보석 같은 존재다. 밴드 마니아들 사이에서는 국내에 이런 밴드가 있다는 것이 믿기지 않는다고 할 정도로 독특하고 음악성이 높은 밴드 음악을 하는 팀이다. 하지만 나는 솔직히 부담스러웠다. 그 이유는 마니아가 많은 팀의 콘서트 무대는 한순간 한순간이 매우 중요하고(모든 공연이 중요하지만, 특히 공연이 끝나고 팬들 사이에서 회자되는 일이 많다는 뜻이다), 팬들의 입에 오르내리는 일이 많기 때문이다. 대중음악 콘서트 연출의 역할은 기본적으로 관객과 아티스트 사이에서 아티스트가 관객에서 어떤 모습을 보여줄지 아티스트와 함께 결정하고 더 좋은 공연을 만들기 위해 무대의 씬이나 스토리를 제안하고 그것을 실제로 무대에서 구현하는 역할을 한다. 그래서 관객과 아티스트 사이가 가까울수록 연출은 그 사이에서 더 많은 고민을 하고 더 디테일해야 한다.

국카스텐은 이미 아티스트와 팬의 사이가 매우 가까웠다. 관객들 대부분은 그들 밴드 역사의 처음과 끝을 알고 있었고, 그들 음악의 모든 곡을 외우고 있었다. 그들 음악의 매력은 무엇이고, 그들 공연의 포인트는 무엇인지 전부 알고 있었다. 내 처지에서 생각하면, 관객들이 나보다 더 가수를 잘 아는 것이다. 고백하건대 그동안 그들의 음악을 주의 깊게 들어본 적이 없었다. 아무리 음악을 좋아하는 사람이라고 해도 모든 가수의 음악을 평소에 주의 깊게 들어보지는 못할 것 아닌가. 그래서 나는 내 생활에 국카스텐이라는 밴드를 끌고 들어왔다. 그들을 이해하려면 그들의 음악부터 사랑해야 한다고 생각했다. 그 날부터 나는 귀에 이어폰을 24시간 꽂고 살았다. 마치 토익시험을 앞둔 학생이 리스닝(듣기평가) 교재를 듣고 '귀 뚫기'를 하는 것처럼 말이다. 일어나서 물을 마시고, 밥을 먹고, 운전하고, 샤워하고, 잠이 들 때까지 내 귀에는 항상 국카스텐의 음악이 흐르고 있었다. 그때 신기한 경험을 했다. 비로소 국카스텐 음악의 매력을 알아가기 시작한 것이다. 이 글을 읽는 독자들도 어떤 노래를 TV나 매체에서 타의로라도 계속 듣다 보면 좋아지는 그런 경험이 있지 않은가? 심지어 거의 마니아 수준으로 음악을 받아들이기 시작했다.

'와, 여기서 이런 가사를 쓴다고?'

'이 부분에서 연주를 이런 식으로 한다고?'

이제는 그들의 음악을 듣는 내내 감탄을 연발하면서 내적 흥분을 하는 내 모습을 발견했다. 실제로 한 아티스트의 음악을 계속 듣고 공부하니 이전에 안 보이던 것이 보이기 시작하고, 안 들리던 것이 들리기 시작했다. 아티스트를 사랑하는 법을 배운 셈이다. 그렇게 나는 국카스텐을 사랑하는 팬 가운

데 한 명으로서 그들의 콘서트 연출이 되었고, 우리의 첫 공
연은 2015년 12월 19일에 2015 국카스텐 콘서트 〈해프닝〉
이라는 이름으로 막을 올리게 되었디.

내가 국카스텐을 만나지 않았더라면
_ 국카스텐 콘서트 〈해프닝〉

　사람이 어떤 사람을 만난다는 것은 어찌 보면 단순한 하나의 사건일 수 있겠지만, 나는 사람의 운명을 바꿔놓을 수 있는 아주 중요한 순간이라고 생각한다. 어떤 친구를 만나느냐에 따라 행동과 성격이 바뀔 수 있고, 어떤 선배를 만나느냐에 따라 내 진로가 정해질 수 있으며, 어떤 배우자를 만나느냐에 따라 내 인생의 흥과 망을 가를 수 있다고 생각한다. 일할 때도 마찬가지다. 어떤 사람과 함께 일을 하느냐는 그 사람의 미래에 큰 영향을 끼치게 된다. 2015년 국카스텐의 연말 공연을 처음 연출한 이후, 그들의 음악에 마음을 빼앗겨버린 나는 2016년에도 그들과 함께하게 되었다.

2016년 초, 팀장님이 나를 불러 이렇게 말했다.

"국카스텐 클럽 투어 기획을 하고 있으니 미리 사전 조사 한번 해볼래?"

클럽 투어라니, 정말 재밌는 프로젝트다. 실제로 나는 다른 밴드의 클럽 투어를 해본 경험이 있는데, 클럽 투어는 다른 투어와 다르게 아기자기하면서 진한 맛이 있는 공연이다. 아티스트가 많은 것을 내려놓고 가장 본연의 색을 뿜어낼 수 있는 공연이다. 아티스트의 팬들은 그들의 땀을 맞을 수도 있는 가까운 거리에서 그들을 만날 수 있다는 장점이 있다. 스태프로 참여할 때에는 어떤 공연보다 아티스트와 함께 고생한다는 느낌을 받는다. 아무래도 클럽이다 보니 전문 공연장의 시설보다는 열악하고, 스태프는 열악한 환경 속에서도 최고의 공연을 만들어내려고 노력한다. 그래서 아티스트와 스태프가 클럽 투어를 함께 하면 인간적으로 가까워질 수 있는 계기가 된다.

그런데 몇 주 뒤, 팀장님이 나를 다시 불러 이렇게 말했다.

"승원아, 공연장이 바뀔 것 같거든? 극장 투어 버전으로 준비해보자."

클럽 투어에서 극장 투어 버전으로 공연장이 바뀐다는 것은, 1회당 관객의 수가 달라진다는 것도 있지만 공연의 연출적인 부분에서도 완전히 달라진다는 이야기다. 극장 공연으로 바뀌게 되면 조명, 음향, 영상, 무대, 무대 디자인, 중계 카메라 등등 모든 파트의 스태프들이 함께 팀을 꾸려 투어를 준비하게 된다.

갑자기 공연장이 바뀐 이유는 국카스텐의 보컬 하현우가 '우리동네 음악대장'이라는 닉네임을 달고 출연한 〈MBC 복면가왕〉이라는 TV 프로그램에서 3~4주 연속 '가왕'을 차지하면서 굉장한 이슈가 되고 있었기 때문이다. 그 프로그램 특성상 오랜 기간 '가왕'을 하게 되면 그 가수가 어떤 사람이라는 것을 유추할 수 있게 된다. 그 당시에는 전 국민이 '우리동네 음악대장=국카스텐 하현우'라는 것을 알고 있었다. 그런 이유로 국카스텐이라는 밴드에 관심이 쏠리기 시작했고, 클럽 투어에서 전국 투어 극장형 공연으로 공연의 규모가 바뀌게 된 것이다.

사람이 시기를 만나 전성기를 누린다는 느낌을 몸소 체험했던 때가 바로 이때다. 국카스텐의 보컬 하현우는 밴드의 마니아들 사이에서는 굉장히 유명했지만, 대중적으로 널리 알려진 가수는 아니었다. 하지만 TV 프로그램 출연을 계기로 우리나라 국민 보컬의 반열에 올라서게 되었다.

그 시기, 나는 승승장구하는 밴드 국카스텐을 바라보며 고민에 빠졌다. 만약 하게 된다면 연출을 시작한 이후 처음으로 전국 투어를 하게 되는 것이다. 나는 팀에서 가장 신입이었고 연출로서 전국 투어 경험이 없었으니 내심 '우리 팀의 누군가가 나 대신 전국 투어를 진행하게 되겠지.'라고 생각했다. 하지만 팀장님은 그 팀의 공연 규모가 커진다고 연출을 바꾸는 것은 맞지 않는다고 생각했다. 그래서 팀에서 가장 신입이었던 나를 그대로 연출의 자리에 앉혔다. 팀장님은 한 사람을 성장시킬 때 벼랑 끝에 세워놓고 그 경험을 통해 위 단계로 성장시키는 스타일이었다.

그때부터 밤에 잠을 못 잤다. 전 국민의 관심을 받는 팀의 공연을 연출하는 것도 부담이었지만, 그들의 음악을 어떻게 하면 대중적으로 더 잘 보여줄 수 있을지 정말 많은 고민을 했다. 내가 알고 있는 국카스텐과 TV에 나온 국카스텐의 보컬 하현우는 음악적으로 다른 부분이 존재했다. 이번 공연에서 나는 아티스트와 관객 사이에서 국카스텐이 대중과 조금 더 가까워지게 하는 역할을 해내야만 했다.

여담이지만, 전국 투어를 준비할 당시 복면가왕에서 9연승까지 하고 탈락이 되지 않아 공연 곡의 셋 리스트를 2가지 버전으로 준비했다. 그리고 여러 가지 시뮬레이션을 했던 기억이 있다. 서울 첫 공연에서 떨어지지 않으면 그 경연곡을 무대에서 부를 수 없었기 때문에 한 주 한 주마다 살얼음판을 걷는 기분이었다. 방송의 결과에 따라 공연의 셋 리스트가 바뀌는 상황이니 스태프들도 방송 결과에 촉각을 곤두세웠던 것이다. 다행히(?) '우리동네 음악대장'은 국카스텐 전국 투어 전주에 가왕의 자리에서 내려오게 되었고, 나는 내 인생의 첫 번째 전국 투어 공연을 연출하게 됐다. 그리고 클럽 투어에서 극장형 전국 투어로 바뀐 그 공연은, 우리나라에서 가장 큰 실내 공연 시설로 손꼽히는 잠실실내체육관에서 앙코르 공연이 열렸다. 졸지에 우리나라에서 가장 작은 클럽 투어를 준비했던 나는, 국카스텐의 국민적인 인기에 힘입어 국내에서 가장 큰 공연장에서 크리스마스에 공연하는 행운의 연출 감독이 되었다.

개인적으로는 첫 번째 전국 투어의 경험을 한 동시에 우리나라에서 가장 큰 공연장에서 연출한 감독으로 거듭나게 되었다. 그때를 돌이키면 많은 생각이 든다. 내가 국카스텐이라는 밴드를 만나지 않았더라면 이렇게 빨리 성장할 기회를 얻을 수 있었을까? 그리고 그때 팀장님이 나를 벼랑 끝으로 몰아세우지 않고 다른 사람에게 국카스텐의 연출 자리를 내주었더라면 지금의 나는 존재할 수 있을까?

그래서 항상 나는 사람과 사람의 인연을 단순한 사건의 이상이라고 생각한다. 누구를 언제 만나는지에 따라 앞으로의 인생이 바뀔 수 있기 때문이다. 이런 경험을 한 이후로 사람과의 만남을 더 소중하게 생각한다. 그래서 항상 진심으로 대화하고 진심으로 소통한다. 그리고 언제 그 만남으로 인한 기회가 올지 몰라 항상 많은 것을 경험하고 배워두려고 노력한다. 앞으로 더 좋은 인연을 만나기 위해서는 사람과의 만남을 소중히 생각해야 한다. 그리고 더 중요한 것은 그 만남으로 인한 기회가 생길 때 그 기회를 잡을 수 있는 조금 더 준비된 사람이 되어야 한다.

세상에 나쁜 경험은 없다

나는 한때 늘 콤플렉스에 사로잡힌 연출이었다. 특히 국카스텐 연출을 시작할 시기인 2016년에는 더더욱 그랬다. 콘서트를 연출하는 사람들은 대부분 그 시작이 조연출이다(알고 보면 모두 다 조연출로 시작하는 것은 아니지만 그 당시에는 그런 줄 알았다). 그런데 나는 공연 기획사 출신의 연출이었다. 이미 연출로 데뷔를 한 상황이니 다시 조연출로 돌아가기는 쉽지 않았고 마음 한구석에 '나는 조연출 생활이 없었던 공연 기획사 출신의 연출이야.'라는 왠지 모를 내 출신에 대한 콤플렉스가 있었다.

공연을 잘 모르는 사람들은 그게 이상할 것이 없었지만, 콘서트 업계에서 기획사 출신의 연출은 극히 드물다. 아니, 내가 알기로는 없다. 특히 조연출 생활이 없었다는 것에 대한 불안감도 아주 컸다. 조연출 생활이 없었다는 것은 단순히 출신의 문제만은 아니다. 조연출 업무를 하면서 연출 옆에서 간접적으로 경험하고 배우는 것들은 본인의 성장에 큰 밑바탕이 된다. 업무 스킬이나 커뮤니케이션 방법 등 일하는 영역에서도 그렇지만, 연출이 겪을 수 있는 수많은 문제를 해결하는 과정을 옆에서 다 지켜보기 때문에 본인이 같은 문제를 겪을 때 그때의 경험을 살려 문제를 어렵지 않게 해결할 수 있기 때문이다. 조연출 경험이 없는 나로서는 내 의지와는 다르게 자꾸만 커져가는 공연을 하게 되는 상황에서 불안감은 점점 더 커졌다. 내 실력에 비해 점점 더 큰 공연을 하는 것 같은 기분을 느꼈다. 혹시 내 역량이 부족해 아티스트에게 피해를 주지 않을지, 스태프들이 나를 무시하지는 않을지, 별의별 생각을 하면서 불안한 생각을 떨쳐버릴 수 없었다. 하지만 공연 기획사의 경험이 연출할 때 도움이 된 상황도 있다. 하루는 후배 PD가 나를 찾아왔다.

"감독님, 국카스텐 공연 글 써야 하는데, 도저히 어떻게 써야 할지 모르겠어요."

공연 소개글(업계에선 오픈 공지라고 함)은 공연 티켓을 오픈

하기 전에 팬들에게 주는 공지글인데, 딱딱하고 형식적인 소개 글 형식이 아닌, 공연을 임팩트 있게 소개하고 기대감을 심어주는 글을 써야 한다. 이 글은 대개 공연 기획자가 쓰게 되는데, 당시 나는 공연을 기획했던 기간이 연출로 활동했던 기간보다 길었기 때문에 소개 글을 쓰는 것은 단 시간에 할 수 있는 일이었다. 후배의 우연한 방문으로 국카스텐 투어의 공연 소개 글을 내가 쓰게 되었고, 나름대로 공연 소개 글로는 임팩트 있는 글이라 생각했다. 내용은 이랬다.

【서울, 부산, 광주, 대구, 대전
전국 5개 도시에 강렬하게 쏟아져 내린

2016 국카스텐 전국 투어 [Squall]

온몸을 전율하게 만드는
전규호의 기타 사운드와 김기범의 베이스라인,
거침없는 이정길의 드러밍과
하현우의 폭발적인 가창력은
공연장을 찾은 수천 명의 관객을
압도하기에 충분했다.

티켓 오픈과 동시에 투어 공연이 전 석 매진되며

아쉬움을 자아냈던 국카스텐 전국 투어는

이제 단 한 번의 앙코르 콘서트로 막을 내린다.

8월 21일!

더욱 크고 강렬해진 국카스텐의 [Squall]과

뜨거웠던 열기를 다시 만날 수 있는 단 한 번의 기회

2016 국카스텐 전국 투어 [Squall] 서울 앙코르]

 그 뒤로도 국카스텐 콘서트의 공연 소개 글은 내가 간간이 쓰게 되었다. 누군가 그랬다. 세상에 나쁜 경험은 없다고. 지금까지는 동의한다. 지금은 내가 가졌던 '공연 기획사 출신 연출'이라는 콤플렉스는 이제는 전국에 거의 유일한 '공연 기획사 출신 연출'이라는 멋진 타이틀로 변하고 있다. 공연 기획의 비지니스 구조를 누구보다 잘 알고 있기 때문에 지금 콘서트 연출로 활동하는 상황에서의 대처나 기획자들에 대한 공감 능력이 다른 연출 감독들과 차이가 있다고 자부심을 느낀다.

 언제 어디서든 내가 몸소 체험하고, 경험하고, 느끼고, 배운 것들은 언젠간 한 번이라도 나를 빛나는 순간으로 데려다 줄 것이다. 그러니 어떠한 일이라도 쉽게 포기하고 가볍게 생각하지 말자. 그 한 번의 경험으로 인해 당신의 인생이 바뀔 수도 있다.

좋은 사람 옆에 좋은 사람

일할 때 만나는 사람 중에 특히 친근하고 정이 가는 사람이 있다. 그런 사람들은 대부분 남을 배려하는 말투를 사용하거나 실제로 함께 일하는 상대방의 상황이 어렵지는 않은지, 본인이 해결해야 할 문제는 없는지 살피고 소통한다. 그 진심을 느끼기에 사람과 사람이 서로 좋은 느낌을 받는 것이다.

2015년 말, 한창 연말 공연 준비로 바빠질 때 즈음이다. 팀장님이 갑자기 전화를 걸어왔다.

"승원아 지금 급한 미팅이 잡혔으니까 빨리 가봐."

당시 우리나라 음악 차트에서 역주행을 하던 한 여자 아이돌그룹의 게릴라 팬 미팅이 예정되어 있었는데, 그 팬 미팅을 위한 사전 미팅이 갑자기 잡힌 모양이었다. 부랴부랴 짐을 챙겨 미팅에 참석했다.

그때 만난 사람이 바로 지금 IST엔터테인먼트(에이핑크 소속사)에서 근무하고 있는 이하희 팀장이다. 당시에는 다른 걸그룹을 맡고 있는 상태에서 처음 만났는데, 인사하는 순간부터 이 사람은 좋은 사람이라는 느낌을 받았다. 처음 만났을 때부터 상대방에게 좋은 느낌을 주기는 매우 어려운 일이다. 갑자기 잡힌 미팅에 대해 너무 미안해하며 사과부터 했다. 굳이 따지자면 나에게 일을 주는 사람 처지에서 하지 않아도 될 말을 한 것이다. 하지만 상대방을 배려하는 말 한마디가 그 프로젝트에 참여하는 사람의 마음가짐을 다르게 할 수 있다.

우리는 이번 프로젝트를 어떻게 진행하면 될지 상의하기 시작했다. 갑자기 잡힌 팬 미팅인 만큼 꼭 해야 할 것과 포기해야 할 것이 명확하게 구분되었다. 모든 일이 그렇겠지만 엔터테인먼트 업무의 대부분은 속도를 중요시한다. 나는 현재 시점에서 가능한 것들을 정리하고, 그도 내가 편하게 일할 수 있게 배려해주었다. 결과적으로 정말 급하게 잡힌 그 걸그룹의 게릴라 팬 미팅은 무사히 끝이 날 수 있었다. 이하희 팀장도, 나도 서로 포기할 것은 포기하고 상황에 맞게 조율해가며 행사를 무사히 마쳤다. 갑자기 생긴 팬 미팅은 가수들도 기억에 남고 팬들에게도 지금까지 회자되는 행사로 남았다.

그 이후 시간이 흘러 이하희 팀장이 회사를 잠시 그만두게 되었다는 소식을 들었다. 원래 업무 특성상 엔터테인먼트 영역에서는 이직이 정말 많이 이루어진다. 이유는 엔터테인먼트 영역이 경력이 쌓일수록 그 사람만이 할 수 있는 업무가 되어가고 그 역할이 필요한 회사나 아티스트와 함께 일하게 되기 때문이다. '좋은 사람인데, 어째서 회사를 그만두게 되었을까?'라는 생각은 이하희 팀장과의 꾸준한 연락으로 이어졌다.

하루는 회식이 끝나고 집에 가는 지하철 안에서 팬 미팅을 진행했던 걸그룹에 관한 기사를 보다가 문득 이하희 팀장이 생각나서 전화를 걸었다. 서로의 근황을 이야기하다가 내가 이런 말을 했다.

"팀장님은 제가 이쪽 업계에서 일하고 나서 만난 사람 중에 날 제일 많이 배려해주고 인정해줬던 사람이에요. 정말 좋은 사람인 것, 제가 알고 있어요. 언젠가 다시 일하다가 만나면 정말 좋을 것 같아요. 엔터테인먼트 회사엔 팀장님 같은 사람이 있어야 해요."

　만약 각자의 회사에서 일하고 있었다면 혹시 아부처럼 보일까 봐 이런 말을 하지 못했을 텐데, 회사를 그만두었다고 하니 사람 대 사람으로 이야기를 한 것이다. 맹세코 이건 100% 진심이었다. 같이 일하던 당시 신입 연출인 나를 먼저 배려해주고, 믿어주었던 사람에 대한 그리움도 있었을 것이다. 업계에서 마음이 맞는 사람을 만난다는 것은 정말 어려운 일이다. 서로 좋은 사람이라는 것을 동시에 느낄 수 있어야 업무를 뛰어넘은 우정을 쌓을 수 있다. 이것은 업무의 영역도 아니고 비즈니스도 아니다. 단지 사람과 사람의 우정이라고 설명할 수 있다.

　그리고 시간이 흘러 해가 바뀌고 2017년 봄, 전화기에 반가운 이름이 떴다. 이하희 팀장님. 주저하지 않고 전화를 받았다.

　나: 팀장님!! 엄청 오랜만이에요!! 그동안 잘 지내셨어요?
　이하희: 네, 잘 지냈죠. 감독님도 잘 지내셨죠?

그 뒤로 이어진 우리들의 근황 토크는 내 인생에 큰 영향을 끼치는 인연의 완성으로 흐르게 됐다.

이하희: 제가 원래 처음 입사한 회사가 에이핑크 회사였는데, 이번에 다시 에이핑크랑 일하게 되었어요.

나: 와, 잘됐네요.

이하희: 이번에 팬 미팅, 저랑 같이 해주실 수 있어요?"

일단은 너무나 고마운 마음이 먼저 들었다. 아무리 서로 아끼고 좋은 감정을 가진 관계더라도 업무까지 이어지기는 쉽지 않은데, 또 나에게 새로운 기회를 준다는 것이 정말 고마웠다. 그리고 '말이 씨가 된다는 것'을 또 느끼게 된 것에 소름이 돋았다. 솔직히 말하자면 원래 나는 이때까지 아이돌 그룹에 그렇게 큰 관심이 없었다. 그런데 어느 날, 무대감독인 친구 김소연과 차를 같이 타고 가다가 에이핑크 음악을 듣게 되었고, 김소연에게 이런 말을 한 적이 있다.

"야, 소연아. 내가 다른 아이돌은 잘 몰라도, 에이핑크 공연 연출하면 진짜 잘 만들 수 있을 것 같아. 기회가 올까?"

말로 한다고 항상 다 이루어지는 것은 아니다. 하지만 나에게는 인생에 있어 이런 장면들이 많이 생긴다. 생각하고 말해

두고 적어두었던 것들이 실제로 내 인생에서 일어나는 일. 인생을 살면서 간절히 원하고 생각하면 이룰 수 있다는 반증을 많이 경험하고 있다. 그 꿈이 이루어져 〈2017 에이핑크 팬미팅 소문난 육공주〉를 시작으로 에이핑크와 함께 공연할 수 있게 되었고 지금까지도 대한민국에서 유일하게 현존하는 10년차 걸그룹 에이핑크 공연의 연출 크레딧에 이름을 올릴 수 있게 되었다.

내가 좋아하는 알베르트 아인슈타인의 명언 중에 이런 말이 있다.

"세상을 보는 데는 두 가지 방법이 있다. 모든 만남을 우연으로 보는 것과 기적으로 보는 것이다."

오늘 우연히 만나는 사람들도 내일 나에게 기적을 선물해줄 사람일 수 있다. 그리고 삶을 살아가는 과정에서 좋은 사람들이 만날 때 기적이 일어나기도 한다. 좋은 사람 옆에 좋은 사람이 있기 마련이다.

비행기 공포증에 대한 고민

대부분 사람들은 비행기를 타는 일을 설렘으로 기억하는 경우가 많다. 하지만 내게 있어 비행기는 넘어야 할 산이며, 공포의 대상이다. 그동안은 내가 선택을 하면 됐었다. 비행기를 탈지, 기차를 탈지, 해외여행을 갈지, 국내 여행을 갈지, 내가 정하고 최대한 내게 닥친 공포를 피하는 방법으로 교통편을 비행기로 선택하지 않으면 되었다.

하지만 나에게 선택의 기로가 없는 상황이 찾아왔다. 해외 투어를 나갈 기회가 생긴 것이다. 굉장히 유명한 명언 중에 "위기와 기회는 동시에 찾아온다."라는 말이 있지 않았던가. 정말 해외 투어라는 기회와 비행기 탑승이라는 위기가 동시에 찾아온 순간이었다.

걸그룹 출신 뮤지션 제시카의 아시아 투어 일정이 생긴 것이다. 한국에서 시작해 일본과 대만을 거쳐 홍콩, 태국으로 이어지는 이 투어 공연은 나에게 굉장히 특별한 투어였다. 내연출 커리어에서 첫 번째로 연출하는 여자 솔로 아티스트이기도 했고, 처음으로 해외 투어로 기획되는 공연이었기 때문에 나에게는 모든 것이 기회였다. 당시 우리 팀에는 해외 투어를 가 본 경험이 있는 사람이 없었다. 그런데 나에게 그 기회가 온 것이다. 놓치고 싶지 않았다. 그때 당시에는 비행기 탑승의 공포감보다는 해외 투어를 경험한다는 설렘이 더 앞섰던 것 같다. 맨 처음 나의 비행공포증을 커밍아웃(?)했을 때는 사람들이 쉽게 이해를 하지 못했는데, 나와 함께 비행해본 스태프들이 많아질수록 그들은 내 비행공포증의 증인이 되어주었다. 비행 때 나의 공포는 이륙과 착륙, 그리고 터뷸런스(난기류) 때 비행기의 흔들림에서 비롯되었다. 나는 투어 때 비행을 할 때마다 몇 번 극도의 공포감을 경험하고 난 후 '다음 도시에는 가수에게 상황을 설명하고 내가 빠져야겠다.'라는 생각과 '이겨내지 못하면 더 큰 투어를 할 수 없을 거야. 이겨내보자.'라는 마인드 콘트롤을 번갈아가며 경험했다. 그것을 몇 번 반복하고 나니 어느새 투어가 끝이나 있었다.

  해외 투어는 국내 투어와 거의 모든 것이 달랐다. 일정부터
일의 방식도 그랬지만, 무엇보다 내가 의지할 수 있는 사람이
없었다. 한국에서는 어떤 일이 생기면 어떤 식으로든 도움을
요청해서 해결하면 될 일이었는데, 해외 투어는 말도 안 통할
뿐더러 일면식도 없는 스태프들과 공연을 만들어야 한다는 것
이 매우 생소했다. 그럼에도 불구하고 아시아 여러 나라의 현
지 스태프도 공연을 잘 만들고 싶은 '나'와 같은 사람들이었기
에 무사히 첫 해외 투어를 마칠 수 있었다. 우여곡절 끝에 나
의 첫 번째 아시아 투어가 무사히 끝나니 그 뒤로 해외 투어를
할 기회들이 점점 많아졌다. 단거리 비행에도 겁을 먹었던 나
는 이제는 태국(6시간 비행)까지는 그나마 도전을 할 수 있게
되었다.

  역시 한 번의 위기를 넘기는 도전에는 많은 기회가 따라오
기 마련이라는 것을 실감할 즈음이었다. 다시 한번 나에게 아
주 큰 기회가 찾아왔다. 바로 월드 투어 기회였다. 가수 김현
중의 월드 투어였는데, 처음 이 투어의 지역을 들었을 때 정
말 고민이 많이 되었다. 하루 이상을 비행해야 하는 남미 지

역이 투어에 포함되어 있었기 때문이다. 일주일을 고민한 후에 나는 아시아권을 넘어서는 남미 투어에는 함께하지 않기로 결정했다. 그 대신 나와 함께 일하는 친구이자 무대감독인 김소연(엘라)이 내 자리를 대신하게 되었다. 내 의지로 이겨낼 수 있는 것이라면 이겨내겠지만, 비행기 공포증은 내 의지로 해결되는 것이 아니었다. 극도의 공포감에 사로잡혀 하루 이상을 비행기에서 식은땀을 흘리며 앉아 있을 생각을 하니 정말 자신이 없었다.

남미는 내가 아침에 일어나면 그곳은 저녁 시간이었기 때문에 오전 중에 실시간으로 모니터링을 했다. 내가 만든 공연이 내가 없는 곳에서 진행되는 기분은 안 겪어본 사람은 모를 것이다. 물론 스태프를 믿지만, 내가 그 자리에 없다는 사실이 불안하고 미안했다. 특히 남미 공연은 변수가 많은 공연이어서 더욱 미안한 감정이 컸다. 말도 많고 탈도 많았지만, 고생해준 동료들 덕분에 이 월드 투어도 무사히 마치게 되었다.

나의 첫 번째 월드 투어는 반쪽짜리로 끝이 났지만, 여기서 느끼는 점도 있었다. 위기와 기회는 동시에 오는 것이 맞았다. 비행기의 공포를 어느 정도 이겨내니 더 다양한 투어들을 할 수 있게 되었다. 또 그 위기를 넘길수록 다양한 기회들이 생기는 것도 경험했다. 앞으로는 더욱 월드 투어의 기회가 많이 생길 것이다. 나의 다음 월드 투어는 과연 내가 그 사리를 지킬 수 있을지 나도 궁금하다. 언젠가는 비행기 공포증을 꼭 이겨내 보고 싶다. 그리고 지구의 반대편 공연장에서 콘솔에 앉아보고 싶다. 그런 날이 내게 올까? 언젠가 꿈이 아닌 공간에서 내가 실제로 남미의 어느 나라 공연장 콘솔에 앉아 있는 모습을 상상해본다.

깊은 슬럼프에서 날 꺼내준 콘서트
_ 정은지 소극장 콘서트 〈다락방〉

2017년 상반기는 내 공연 인생에서 손에 꼽을 수 있는 시기였다. 바로 말로만 듣던 업무 슬럼프를 처음 겪었기 때문이다. 2015년에 입사해 햇수로 2년간 딕펑스, 문희준, 제프 버넷, 제시카, 국카스텐 등 아주 다양한 공연을 연출하며 '이게 바로 공연의 매력이지!' '난 정말 행복한 사람이야! 원하는 일을 하고 돈을 벌 수 있다니!'라고 말했던 패기 넘치던 모습은 온데간데없고 걱정만 쌓여 미리 잡힌 공연 스케줄을 소화하는 사람이 되어가고 있었다.

내가 추측하는 이유는 의외로 명확하다. 자신감이 없어져

서다. 2016년 국카스텐의 전국 투어로 성공적인 첫 번째 전국 투어를 마친 후에는 '이제 더 이상 내가 무엇을 보여줄 수 있을까.'라는 생각을 하게 되었다. 내가 가진 것에 비해 큰 기회가 왔었고, 그 큰 기회를 무작정 따라가다 보니 '내 실력보다 큰 공연을 하고 있는 것이 아닐까?'라는 막연한 두려움을 가지게 되었고, 이제 내 형편없는 연출실력이 바닥날까 두려워졌다. 솔직히 말하자면, 내가 콘서트 연출이라는 직업에 안 어울리는 사람이라고 생각했고 '이제 곧 그만둬야 하나?'라는 생각까지 했다.

그즈음 운명처럼 만난 공연이 바로 정은지 첫 번째 단독 콘서트 〈다락방〉이다. 정은지는 에이핑크의 메인보컬이며 아이돌로 알려져 있지만 보컬 실력으로 보면 국내 탑이라고 자신 있게 말할 수 있을 정도의 굉장한 뮤지션이다. 2017년 4월 초, 정은지가 소극장 콘서트를 준비한다는 소식은 나에게 가장 처음 알려졌다. 소속사 플레이엠(현재 IST엔터테인먼트)은 이번에도 역시 내가 연출을 맡아주었으면 했고, 나는 흔쾌히 함께 작업하기로 했다. 가수의 노래 실력은 말할 것도 없고 아티스트의 첫 공연을 함께 한다는 것은 연출에게도 의미 있는 일이기 때문에 망설일 것이 없었다.

아, 여기서 잠깐. 각 뮤지션의 소속사마다 회의하는 방식이나 결정의 주체들이 회사의 분위기에 따라 매우 다르다. 회사가 결정의 주체가 되는 소속사가 있는 반면, 아티스트의 결정이 주체가 되는 소속사가 있다. 플레이엠은 후자에 속했고, 콘서트 연출에게도 많은 권한을 부여해주는 회사였다.

처음에 준비과정은 여느 공연과 다름이 없었다. 내가 기획안을 쓰고, 회사에 가서 회의를 진행했다. 한 가지 다른 점은, 기획 회의 때부터 아티스트가 직접 회의에 참여했다는 점인데, 첫 번째 회의부터 정은지의 콘서트에 대한 관심도가 느껴졌다. 원래 내가 생각한 콘서트의 제목은 '은지 공방'이었다. 공방이라는 뜻은 작업하는 소소한 공간이라는 뜻과 '공개방송'의 줄임말로 쓰이는 단어의 중의적 표현으로 추천했다. 그 공연에 라디오 콘셉트를 넣어 공개방송 느낌을 내고자 하는 의도였다. 나는 자신 있게 내가 생각한 콘셉트를 브리핑했고, 브리핑에 마지막쯤 한마디 던졌다.

"그래서 제가 생각한 제목은 '은지 공방'입니다."

"……."(고요한 침묵. 한…… 20초?)

"아, 아니면 다시 한번 생각해보겠습니다."(어색한 웃음)

그때 정은지가 말했다.

"감독님, 다락방 어떠세요? 세트 느낌도 다락방처럼 꾸며 놓고 팬들과 소소하게 소통도 하고 싶고, 많을 다, 즐거울 락, 즐거움이 넘치는 공간이라는 뜻도 있어요."

모든 스태프가 침묵을 깼다.

"너무 좋은데요." "이걸로 가시죠." "좋다, 좋다."

그렇게 정은지 첫 단독 콘서트의 이름은 '정은지 소극장 콘서트 〈다락방〉'으로 결정되었다. 그 순간 나는 직감적으로 느끼는 바가 있었다. 이미 아티스트의 머릿속에는 많은 부분이 정리되어 있었고, 내 의견을 들어주기 위해서 한 배려였다는 것을. 그리고 그때 생각했다. 그녀가 생각한 것들을 서슴없이 말할 수 있는 사람이 되어야겠다고. 그리고 그때부터 이 공연에 관해 정말 많은 소통을 했다. 연출도 사람인지라 많이 연락하고 많이 대화하고 많이 소통한 아티스트의 공연에 더 마음이 가게 되어있다. 어떤 아이디어가 생각나는 대로 나도 의견을 제시했고, 아티스트도 내 의견을 수렴해 본인의 의견을 얘기해 주었다.

이 공연에 기억에 남는 몇 가지 포인트가 있다. 커버 곡들에 관한 이야기인데, 정은지는 커버 곡 선정에 대해 고심에 고심을 거듭했다. 나는 최대한 편안하게 생각하라고 하면서 눈만 뜨면 추천 곡을 보내기 일쑤였다.

그러던 어느 날. 카톡이 왔다.

> **정은지:** 감독님, '야생화(박효신)'로 결정했어요. 나머지 한 곡은 생각해볼게요!
>
> **나:** 와, 대박, 제가 바라던 바입니다. 잘 만들어볼게요.

내가 정은지에게 요청한 곡은 다 가창력을 뽐낼 수 있는 곡이었다. 가수의 장점을 잘 보여주고 싶었기 때문에 흔히 '김나박이'로 대표되는 보컬 강자들의 곡들을 추천했는데 가수가 내 의견에 귀 기울여준 것이다. 지금도 이 야생화 커버 영상은 높은 조회 수를 기록하며 유튜브에서 회자되고 있다.

그다음 커버 곡은 가수의 고심 끝에 양희은의 '엄마가 딸에게'로 정해졌다. 나에게 약간은 생소한 노래였지만, 아티스트가 연출적으로 원하는 부분이 있어서 함께 대화를 해보기로 했다. 가수가 연습실에서 이 노래를 부르는데, 많은 생각들이 들었다. 첫 번째로 곡이 너무 좋았다. 두 번째로 이 노래는 엄마와 딸의 보컬이 나뉘어 듀엣으로 부르는 곡이었기 때문에 무대에서 잘못 부르거나 잘못 연출된다면 웃기고 이해가 안 되는 곡이 될 것 같았다.

나: 은지 씨, 조명으로 은지 씨를 안 보이게 하고, 빈 의자를 무대 위에 배치해서 두 명이 부르는 듀엣 느낌을 연출적으로 살려보고 싶어요."

정은지: 아, 감독님 좋아요. 근데, 빈 의자만 있으면 무서울 것 같아서 거기에 엄마곰 인형, 딸곰 인형을 놔두면 어떨까요?

그녀의 말대로 이 연출은 그 공연의 하이라이트가 되었고, 그 곡을 부를 때 객석에서의 훌쩍거림을 아직도 잊을 수가 없다. 내 입으로 말하기 조금 쑥스럽지만, 이것이야말로 환상의 케미라고 할 수 있겠다. 내가 이야기하고 한 명이 보완해서 더 좋은 의견이 나오는 것. 그런데 이런 환상의 케미는 쉽게 만들어지지 않는다는 것을 잘 알고 있다. 서로 믿고, 인정해야 이런 케미를 낼 수 있다.

이 공연 이후에 나는 연출적으로 완전히 달라진 사람이 되었다. 실력이 일취월장했다는 뜻이 아니다. 이제 아티스트와의 소통의 방식을 조금 알았다고 해야 하나. 뭔가 막힌 것이 트인 것 같다는 생각을 했다. 이런 공연을 만나기 쉽지 않은데, 내가 운이 좋았던 것 같다. 인생에는 귀인이 등장한다는

데, 바로 이 타이밍에 정은지라는 아티스트를 만났다는 것도 나에겐 큰 행운이다.

　지금까지도 내 마음속의 1등 공연은 바로 이 공연이다. 누가 물어봐도 같은 대답을 하곤 한다. 나를 깊은 슬럼프, 자신감 결여의 늪에서 꺼내준 소중한 공연이기 때문이다. 그리고 나는 아직까지 이 공연을 함께한 스태프와 함께 일하고 있다. 물론 아티스트 정은지 콘서트는 아직도 내가 연출하고 있다. 그리고 지금까지 모든 좋은 사람들과 함께 공연을 만들어갈 수 있다는 것에 감사한다.

　진심이 담긴 이 콘서트의 자료를 찾다가 어떤 관객의 후기를 캡처해놓은 것이 있어서 그 글을 소개하겠다. 아마도 이 관객은 우리의 진심을 느낀 사람인 것 같다.

— ✃ ——————————————————————

「감동 그 자체였습니다. (2017.06.06)

여운으로 지금까지 잠을 못 자고 있네요

에이핑크 팬도 아니었고

콘서트 다니는 애들 이해도 안 됐는데

우연히 예매하고 취소하는 거 깜빡해서

그냥 한번 다녀오자 하는 심정으로 감상했는데

진짜 기대의 100배 이상이었네요.

제가 마지막으로 울었던 게 7년 전 학창시절 때였는데

오늘 야생화 다음 곡 이름은 모르겠습니다만

그거 듣고 있으니까 막 눈물이 나더라고요.

진짜 은지 씨에게 고맙습니다. 귀한 경험하게 해주셔서.

다음에 하면 다시 꼭 갑니다.

그때도 이때만큼만 부탁드려요.」

할머니의 장례식과 리허설이 겹쳤다

　속으로 항상 하는 고민이 있었다. '내가 사랑하는 사람의 장례식과 공연 날이 겹치면 나는 어떻게 해야 할까?' 별로 상상하고 싶지 않은 일이지만 내게 그런 일이 닥쳤다.

　2018년 1월 9일, 여느 날과 다름없는 평온하던 날 오전에 전화벨이 울렸다. 아버지의 전화였다.

　아버지: 할머니가 상태가 많이 안 좋으시다. 요양원으로 지금 올 수 있겠니?

　나: 알겠어요.

전에도 이런 전화가 몇 번 왔었던 터라, 그렇게 큰 의미를 두지 않고 요양원으로 출발했다. 그런데 그날따라 느낌이 좀 이상했다. 요양원으로 들어가는 순간에 할머니께서는 눈을 감고 계셨다. 평소와는 다른 느낌이 들어 할머니에게 말을 걸어 보았지만 할머니께서는 기운이 없으셨는지 대답을 하지 않으셨다. 마지막으로 할머니를 불러보았던 내 목소리를 들으시고는 거짓말같이 눈을 떠 나를 한번 바라보시고 눈을 마주치신 뒤 침대에서 눈을 감으셨다. 그 눈빛은 평생 못 잊을 만큼 기억에 남는다. 어렸을 때부터 모든 좋은 것들은 "승원이 먼저."를 입에 달고 사시던 할머니는 내 마지막 목소리를 기다리셨나 보다.

이 글을 읽는 독자들이 이런 경험을 해본 적이 있는지 모르겠지만, 임종을 지켜보는 그 병실 안은 공기 자체가 다르다. 누군가의 마지막이라는 것을 지켜보는 것은 참으로 슬프고 처절한 일이다. 눈물도 전염성이 있는 것인지 잘 모르겠지만, 병실 안에서 가족들이 눈물을 흘리기 시작했을 때, 나도 눈물을 흘리기 시작했다. 이때 내 머릿속에는 다양한 감정들과 생각들이 오갔다. 할머니께서 돌아가신 극도로 슬픈 상황에서 나는 "이틀 뒤면 리허설인데, 장례식과 겹치니 어떻게 해야 할까." 하는 생각을 하고 있었다.

나는 속으로 "내가 생각해도 참 미친놈 같다. 할머니가 돌아가셨는데, 리허설부터 생각하네."라고 나 스스로 자책했다. 하지만 공연 일정을 어떻게 정리할 것인지 생각은 해놓고 있어야 공연 일정이 문제없이 흐트러지지 않는다고 생각했기 때문에, 머릿속으로 이후의 일정들을 하나하나 정리하기 시작했다.

이번 콘서트는 내가 정말 해보고 싶었던 에이핑크의 콘서트였기 때문에 일정 하나 실수 하나라도 하기 싫었다. 완벽하게 해보고 싶은 마음이었는데, 내가 통제할 수 없는 상황이 내 앞에 생기다 보니 당황스러운 마음이 앞섰다. 일단 스태프들에게는 현재 상황을 공유했다. 그리고 리허설이나 공연 일정에는 변동이 없으니 참고하길 바란다고 덧붙였다. 아티스트나 소속사에는 알리지 않았다. 기분 좋게 콘서트 준비를 하는 상황에서 안 좋은 소식을 전하는 것이 마음이 불편했기 때문이다. 혹시라도 내가 공연 중에 큰 실수를 하거나 예상치 못한 일이 벌어지면 그 원인이 혹여나 할머니의 장례식이라고 생각할 수도 있었기 때문이다.

그리고 리허설 당일, 장례식장에서 입었던 상복을 벗고 공연할 때 입는 검은 색 옷으로 갈아입고 공연장으로 향할 때 친척들이 물었다.

> **친척:** 승원이 어디 가니?
>
> **나:** 리허설이 있어서요. 제가 안 가면 안 돼요.
>
> **친척:** 아니, 다른 사람도 아니고 할머니 장례식인데
> 가긴 어딜 가.
>
> **나:** 제가 안 가면 안 돼서 가봐야 해요.

뒤에서 좋지 않은 말들이 들렸지만, 나는 어서 가서 리허설을 해야 한다는 생각에 서둘러 발걸음을 옮겼다. 장례식에서 나와 공연장으로 운전하는 내 차 안에서 에이핑크의 신나는 음악을 들을 때 참 기분이 묘했다. 할머니 장례식 중에 듣는 댄스곡이라니, 참 이 상황이 아이러니했다.

리허설을 무사히 마치고 다음 날, 할머니를 장지로 모셨다. 슬픈 와중에 더 죄송했다. 그 며칠간만이라도 온전히 마음을 다해 장례에 참석하지 못한 것이 마음에 걸렸다. 살아계실 때도 나는 할머니께 온전히 효도하지 못했는데, 장례식 때도 할머니는 나에게 두 번째였다.

장례식장과 공연장을 오가는 상황에서 정신을 차려보니

공연 날이었다. 내가 처음으로 연출했던 에이핑크의 콘서트 〈Pink Space〉는 아무 일 없었던 듯 무사히 마쳤고, 공연을 끝내자마자 콘솔에서 할머니께 감사하다고 기도했다.

"할머니, 공연을 잘 할 수 있게 해주셔서 고마워. 가실 때 까지 나 공연할 수 있게 그날 하늘로 가셨네. 항상 두 번째여 서 미안해."

여기서 다시, 맨 처음 질문으로 다시 돌아가 보겠다. '내가 사랑하는 사람의 장례식과 공연이 겹치면 나는 어떻게 해야 할까?' 지금 마음속으로 되물어도 나는 공연장으로 가야 한다 고 생각한다. 공연을 예매하고 그 장소에 오는 몇천 명의 관 객이 들인 시간과 노력은 그 어느 것과도 비교할 수 없이 중요 하다고 생각한다. 공연이라는 약속을 지키지 못하는 것이야 말로 있어서는 안 되는 일이다.

나는 공연을 하는 사람이라면 어느 정도의 사명감을 가지 고 공연에 임해야 한다고 생각한다. 그래야 그 공연장 안에 있는 관객들의 감정을 움직일 수 있다고 생각한다. 누구에게 는 그 공연이 그 어느 것보다 중요한 가치일 수 있기 때문이 다. 나는 오늘도 "마음을 다하는 공연은 관객들이 안다."라는 심정으로 공연을 만든다.

갑작스러운 퇴사를 결심하다

    대중음악 콘서트 연출가가 되기로 결심한 날부터 콘서트를 연출하는 꿈을 꾸던 나는 어느새 꿈을 이뤄 그 자리에 앉게 되었다. 그런데 참 희한하지, 시간이 지나면 지날수록 불안해졌다. 공연이 끝나고 난 다음의 희열은 너무 행복하고 마약 같았지만, 공연을 준비하거나 공연이 진행될 때 나는 항상 불안해했다. 이 불안함의 근원은 정확히 알 수는 없지만, 내 연출 실력에 대한 불안함이었던 것 같다. 내가 연출을 잘하는 것인지, 아니면 못하는 것인지 알 수가 없었기 때문이다. 주변에서는 잘한다고 수시로 말을 해주는 와중이었음에도 나 스스로는 내 연출력에 대해 객관적일 수 없기 때문에 무언가 계속 불안했다.

　2017년 연말의 바쁘고 정신없는 날들을 보낸 후 2018년 1월, 인디밴드의 공연까지 합치면 햇수로 6년째 콘서트 연출로의 삶을 살아온 나는 문득 이런 생각을 하게 됐다.

　"내가 콘서트 연출로 언제까지 갈 수 있을까?"

　"내 연출의 이력들은 회사빨인가? 아닌가?"

　2015년 연출팀으로 이직을 해 2017년까지 3년간 많은 공연을 해왔지만, 객관적으로 날 평가하는 시간이 없었다. 내가 연출하는 공연이 내가 연출 회사에 소속된 사람이기 때문에 나한테 맡겨진 것인지, 아니면 명승원이라는 연출가를 원해서 나에게 맡겨진 것인지 알 길이 없었다.

　그 즈음, 나는 회사에 대해 진지하게 다시 한번 생각해보는 시간을 겪는다는 입사 3년 차 징크스를 겪고 있었다. 그러다 갑자기 불현듯 머릿속에 스쳐 지나가는 생각이 있었다.

　"퇴사하자."

　머릿속에서부터 가슴으로 가는 퇴사 결심의 시간까지는 그렇게 오랜 시간이 걸리지 않았다.

　공연계의 선배들이 내게 항상 이런 이야기를 했다.

"회사에 있는 게 좋아. 나오면 추워. 야생이야."

하지만 퇴사를 해봐야 내가 연출로서 경쟁력이 있는 사람인지 알 수 있을 것 같았다. 야생에 발가벗고 나가 비바람, 눈보라를 맞아봐야 내가 할 수 있는 사람인지 없는 사람인지 알 수 있을 것 같았다. 그렇다고 쉽게 퇴사를 결정한 것은 아니었지만, 선택에 순간에서 별다른 고민 없이 퇴사를 결정할 수 있었다. 퇴사할 때 마음속에 한 가지 기준선을 그어 놓았다. 만약 1년 동안 지금 내가 받았던 연봉보다 낮은 연봉을 벌게 되면 "콘서트 연출은 내 직업이 아니다."라는 생각이었다. 앞을 볼 수 없는 상황에서 굉장히 무모한 일이었다. 고민이 그리 길지 않는 선택이었지만 오히려 불안했던 마음은 굉장히 편해졌다.

내 나름대로 큰 결심을 마친 후, 굳게 마음을 먹고 나를 이 회사로 불러준 팀장님께 퇴사한다고 말했다. 만나는 것보다 헤어지는 것이 훨씬 어려운 일이라는 것을 알고 있기에 나의 사정에 대해 충분히 전했다. 내 퇴사에 대한 결심을 들은 팀장님은 "퇴사해서도 함께 잘 해보자."라는 응원 한마디를 해주었고, 나는 생각보다 아주 순조롭게(?) 퇴사를 했다. 그 후 나는 2018년 2월부터 개인 프로덕션의 대표연출로 독립을 하게 되었다. 말이 대표연출이지, 사실 나밖에 없는 1인 연출 회사였지만 말이다.

내가 조연출을 채용할 때 꼭 하는 이야기가 있다. '만나는 것보다 헤어지는 것을 잘 해야 한다는 것.'이다. 헤어짐을 잘 하지 못하면, 그 사람을 다시 만날 수가 없다. 우연히 다시 만난다고 해도 그와 나눈 이야기의 진정성을 의심받게 되고, 만나면 반가운 건강한 관계를 지속하기 쉽지 않다.

공연계에 발을 담그고, 두 번의 퇴사를 거치며 나는 참 복받은 사람이라고 생각했다. 만남과 헤어짐이, 처음과 마지막이 아름다웠다고 생각했기 때문이다. 떠나는 사람도, 떠나보내는 사람도 서로 웃으면서 다음을 기약할 수 있고, 서로 응원할 수 있는 관계로 오히려 더 돈독해졌다. 지금도 매년 스승에 날에는 이 전에 다녔던 회사의 대표님과 팀장님에게 작은 선물을 보내곤 한다. 가수와 연출의 관계도 마찬가지고, 회사와 회사의 관계도 마찬가지다. 어떤 아티스트와 성향이 잘 맞지 않아 연출이 교체될 때도 서로 이유를 설명하고 각자 웃으며 헤어질 때 서로 응원하는 더 좋은 관계로 발전한다. 헤어지는 것을 잘 하는 것은 다음의 만남을 더 잘하겠다는 서로의 의지다. 무수한 만남과 헤어짐 속에서도 다시 볼 수 있는 사이가 되는 것을 반드시 기억하자.

한 회사의 대표가 되었다

회사를 퇴사하고 가장 먼저 한 일. 사업자 등록증을 발급받 았다. 사업자 등록증을 발급받는다는 것은 나에겐 단순히 서 류를 발급받는 것이 아닌, 이제 진짜 야생의 길로 접어든다는 의미와도 같았다.

사실 연출가 한 명과 조연출 한 명이 있는 회사로 아주 작 게 시작했지만, 나에게 회사를 설립한다는 것은 그 자체를 한 번도 경험해보지 못한 일이었기 때문에 인생의 의미 있는 순 간이었다. 이제는 회사의 이름이 박힌 명함이 아닌 내가 그 공연의 얼굴이 되어 연출가로 임해야 한다. 그리고 그것과 함 께 대표가 수행해야 하는 다른 업무들도 도맡아 해야 한다.

대표가 되고 많은 것들이 달라졌다. 회사원일 때와의 차이점은 일단 출퇴근 시간이 정해져 있지 않으며, 동료 직원들도 없다는 점이다. 법인카드로 사용했던 공연 신행비 등 모든 사업비는 개인적으로 지출해야 했다.

나처럼 프리 선언을 한 연출가는 그동안 연출했던 고정적인 콘텐츠는 줄고 새로운 콘텐츠들을 만나게 되면서 직업적으로 한 단계 전환점을 맞이하게 된다. 대부분은 이렇게 프리랜서로의 삶을 살다가 선택의 기로에 놓이게 되고는 한다. 프리랜서가 적성에 맞을 수도 있고 안 맞을 수도 있기 때문이다. 다시 회사원의 길을 선택하는 사람들도 있지만, 대부분 프리랜서 연출 감독은 본인의 사업체로 크고 작은 프로덕션을 만들어 사업가의 형태로 콘서트 연출이라는 직업을 이어가게 된다. 회사에 대표가 되었다는 것은 무엇을 의미할까? 바로 사업가의 역할도 수행해야 한다는 것이다. 모든 사업가의 경우가 그렇겠지만, 직원일 때와 대표자일 때의 마인드는 전혀 다르다. 마인드뿐 아니라 해야 하는 일도 확실히 다르다. 대표자는 회사의 존립을 위해 효율적으로 경영을 해야 하고, 각종 세무 업무를 이행해야 하며, 직원을 고용하며 급여를 책정하고 지급하는 일을 해야 한다. 너무나 당연한 이야기지만 직원일 때보다 해야 하는 일이 월등히 많다. 무엇보다 직원들이 프로덕션의 업무를 잘 할 수 있게 일거리(이하 콘텐츠라고 함)를 공급해야 하는 의무도 있다. 이런 여러 가지 면으로 볼 때 회사를 설립하고 난 뒤에는 모든 업무에 대한 압박감이 비교할 수 없을 정도로 크다.

보통 콘서트 연출 프로덕션의 경우 대부분 매년 정해져 있는 콘텐츠가 있다. 계약으로 약정되어 있지 않지만 매년 좋은 관계로 콘텐츠가 이어지는 것들이 몇 개씩 있기 마련이다. 예를 들어, A라는 아티스트의 콘서트 연출을 맡아 내년, 후년에도 같은 아티스트와 일하게 되는 경우라고 보면 된다. 하지만 콘서트 프로덕션은 매년 같은 콘텐츠만 연출할 수 없는 것이 타고난 운명이다. 아티스트가 새로운 연출 스타일을 원해 다른 회사를 찾는 예도 있겠고, 회사와의 계약이 바뀌어서 연출을 못하게 되는 경우, 그리고 공연 날이 겹쳐서 부득이하게 하던 공연을 못 하게 되는 경우 등 다양한 이유로 같은 콘텐츠만 할 수 없다. 장기적인 회사의 관점으로 본다면 고정 콘텐츠 이외에 새로운 콘텐츠가 연속적으로 더해져야 한다. 그래야 회사도 직원들도 그만큼 발전하고 회사의 수익도 창출할 수 있기 때문이다. 새로 추가되는 라이브콘텐츠들이 정기

적이고 안정적인 콘텐츠가 되어야 하는데, 한마디로 매년 연출하는 콘텐츠를 다양하고 안정적으로 끌고 나가야 한다는 것이다. 그러기 위해서 연출 회사는 대표자와 직원들의 연출력과 회사의 평판, 직원들의 업무 능력, 관계사와의 관계 등 눈에 보이지 않는 여러 가지 요소를 발전시켜나가야 한다. 위의 능력을 바로 '영업능력'이라 할 수 있겠다. 연출 프로덕션의 대표자는 위와 같은 '영업능력'이 필수적인 요소라고 할 수 있다. 연출가가 무슨 천박하게 영업이냐고 말하는 사람들이 있을 수 있겠지만, 연출 프로덕션의 대표자는 그 프로덕션의 대표 연출가이기도 하고 회사의 미래와 직원들을 책임지는 사업가이기도 하다.

지금까지도 그때의 회사를 운영하고 있지만 정말 어려운 일이다. 하루에도 몇 번씩 '내가 하는 방향이 맞는 것인가?', '내가 잘하고 있는 것인가?', '이렇게 계속 가도 괜찮은 걸까?' 고민한다. 그럼에도 불구하고 나는 콘서트 연출이라는 직업을 사랑하고 있다. 그리고 난 더 잘 해낼 것이라고 생각한다. 과거에도 그래왔고 지금도 잘 해내고 있기 때문이다.

가장 어려운 숙제를 풀어내다
_ 잔나비 콘서트 〈넌센스〉

2018년 2월 회사를 퇴사하고 독립프로덕션을 꾸린 뒤, 다행히도 회사에 있을 때보다 더 다양한 공연을 연출하고 해외 투어를 다니게 되었다. 2018년은 아마 내가 업무적으로 가장 정신이 없을 때라고 기억한다.

어느 날, 어비스컴퍼니 이상위 PD에게 전화가 왔다. 이상위 PD는 나이가 동갑이고, 내가 공연계에 들어와 유일하게 친구처럼 속 얘기를 할 수 있는, 그래서 나의 장단점을 알고 있는 사람이다.

이상위 PD: 명감독님, 밴드 많이 연출해보셨죠?

나: 딕펑스랑 국카스텐 연출했죠.

이상위 PD: 잔나비라는 밴드의 콘서트 연출을 찾고 있는데, 혹시 스케줄 가능하세요?

나: 무조건 가능하죠. 너무 해보고 싶었어요.

이상위 PD: 이번에 정말 연출이 중요한 공연이에요.

나: 잘 해볼게요.

나는 중·고등학생 시절부터 취미로 밴드를 해왔기도 하고, 국내의 몇몇 밴드 콘서트의 연출을 해서 그런지 국내에 좋은 밴드가 있으면 머릿속에 기억해두는 편이다. 우리나라에는 좋은 밴드들이 많지만, 그중에서도 2018년에 단연 돋보이는 밴드가 잔나비였다. 1950년대의 레트로 사운드와 따스한 멜로디와 가사에 깊은 풍미를 머금고 있는 그룹사운드 잔나비. 운이 좋게도 나는 그들의 공연을 연출하게 되는 기회를 얻었다. 그들의 음악도 대중적으로 널리 알려지기 시작하여 팬덤도 엄청나게 빠른 속도로 커가고 있는 밴드였다. 개인적으로 정말 기대되는 작업이었다.

이 공연을 기억하는 분들이 있을지 모르겠지만, 잔나비의 보컬 최정훈 씨가 그려놓은 포스터가 공식 포스터로 채택되었는데, 그 포스터에는 정체를 알 수 없는 보라색 생명체가 등장하고 옆에는 공연명인 〈넌센스〉라는 낙서가 가득 채워져 있었다. 이 공연이 재밌는 공연이 될 것이라는 확신이 들었다.

드디어 멤버들을 만나는 날이다. 대부분 아티스트와의 첫 번째 미팅은 아티스트가 무엇을 원하는지, 공연에서 무엇을 보여주고 싶은지 자유롭게 들어보는 시간이다. 거기에 대한 의견을 보태어 아이디어를 내고 공연의 전반전인 콘셉트에 부합하는 내용을 대략 정리한다. 내가 이 첫 번째 미팅을 명확하게 기억하는 이유는 다른 아티스트와의 미팅과는 사뭇 달랐기 때문이다. 멤버들은 공연 회의 초반에 나에게 이렇게 말했다.

잔나비: 감독님, 저희는 LED랑은 잘 안 맞는 것 같아요.

나: 아, 그래요? 저는 잔나비 음악을 들으면 장면들이 떠오르거든요.

잔나비: 저희가 여러 번 고민을 해봤는데, 저희 음악이랑 안 어울리는 것 같아요. 그 극장에서 LED 없어도 저희 잘 보이죠?

나: 네, 그렇기는 하죠. 그렇게 생각하신다면 저도

한번 고민해볼게요.

콘서트라는 콘텐츠는 아티스트의 음악으로 만드는 콘텐츠이기 때문에 공연을 하는 뮤지션이 원하는 방향성을 거의 반영하는 연출이 대부분이다. 하지만 이번 공연은 아티스트와 내 생각이 약간 차이가 있는 것이 분명했다. 나는 잔나비의 음악을 들었을 때 스쳐 지나가는 장면들, 컬러들, 분위기들이 있었다. 그리고 그것들이 시간이 지나면 지날수록 더욱 선명해져서 무대에서 내가 관객에게 전달하고 싶은 연출들도 하나둘씩 떠올랐다. 공연에서는 떠오르는 이미지들을 거의 LED 또는 프로젝터로 나타내기 때문에 내가 생각하는 연출을 구현하려면 LED가 필요해 보였다.

'이걸 어떻게 설득해야할까. 설득하기 쉽지 않을 것 같은데……'

고민의 고민을 거듭해도 '결국에 내가 생각하는 연출을 포기해야 하는 걸까?'라고 생각하는 찰나, 머릿속에서 불현듯 이런 생각이 들었다.

'공연 제목이 〈넌센스〉인데 나만의 생각에만 갇혀 있지 말자.'

그렇다. 공연 제목이 〈넌센스〉라 모든 것이 열려 있었다.

내가 무대에서 어떤 연출을 해도 〈넌센스〉라는 공연의 제목 안에 포함될 수 있다고 생각했다. 그러고 나서 그들이 나에게 내준 숙제(?)를 풀어내기 시작했다. 일단 음악을 듣고 떠오르는 장면들을 노트에 적었다.

1. 비가 내리는 장면
2. 겨울나무에 눈이 내리는 장면
3. 전구가 가득 찬 방안에서 노래하는 장면
4. 남녀가 함께 영화 라라랜드처럼 춤을 추는 장면
5. 뮤지컬처럼 앙상블들이 춤을 추는 장면 등등

이들의 음악에 잔나비만의 스타일이 있고, 무드가 확실하기 때문에 아무래도 음악을 듣고 뭔가가 계속 떠올랐다. 이제 이 장면들을 어떻게 관객에게 보여줄 것인가. 나는 이러한 장면들을 무대에서 실제로 구현해야겠다고 생각했다. 나무는 소품을 제작하면 되고, 눈이 내리는 장면은 특수효과팀을 섭외하면 된다. 전구가 가득한 방에서 노래하는 장면도 전기장식(전식)팀을 섭외하면 문제가 없었다.

그러나 남녀가 함께 춤을 추는 장면이나 뮤지컬처럼 등장인물들이 군무를 추는 장면은 실제 출연진이 나오지 않으면 불가능했다. 근데 상상해보니 너무 재미있을 것 같았다. 무대 위에서 사람들이 춤을 추는 장면을 상상하니 생각만 해도 재밌고 황홀했다. LED에 그림이 나오는 것보다 실세 배우들이 나온다면 뮤지컬스러운 콘서트가 될 수도 있었다. 나는 곧바로 뮤지컬을 하는 내 친구에게 전화를 걸어 안무를 구성할 수 있는 능력을 지닌 배우를 섭외했다. 그리고 그들에게 잔나비의 음악을 들려주고 안무와 무대 구성을 부탁했다.

"다음 일들은 내가 알아서 할 테니 좋은 안무를 만들어주세요."

그리고 며칠 뒤 핸드폰에 영상 몇 개가 도착했다. 그 안무가가 배우들과 안무 구성 후 안무 시안을 보내준 영상인데 나는 그걸 보고 웃지 않을 수 없었다. 내가 생각했던 장면들과 안무들이 그 속에 그대로 담겨 있었다. 아직도 이때 생각만하면 소름이 돋는다(안무가님, 정말 감사했습니다).

'아, 이런 것이 케미라는 것이구나.' 이 공연이 벌써 기대됐다. 그리고 그 영상을 가지고 잔나비의 멤버들을 찾아갔다. 맨 처음 그들에게 LED 대신 사람을 출연시키겠다고 하니 그 말뜻을 잘 이해하지 못했다. 사실 나라도 다짜고짜 콘서트에 배우를 출연시키겠다고 말하면 무슨 뜻인지 몰랐을 것이다. 나는 조용히 핸드폰을 테이블 위에 내려놓고 배우들이 찍어준 영상을 멤버들에게 보여주었다.

잔나비: 감독님, 너무 좋은데요. 재밌을 것 같아요.

나: 제가 이거 잘 살려서 만들어볼게요.

멤버들은 나의 제안을 흔쾌히 받아들였고, 그 공연은 '잔나비 콘서트 〈넌센스〉'라는 이름으로 무대에 올려지게 되었다. 무대 위에서 펼쳐지는 장면 하나하나에 신경을 썼기 때문에 공연 중에는 관객들도 나도 그들의 음악에 흠뻑 취할 수 있었다. 무대 위 밤하늘에 별이 반짝이고, 쓸쓸한 겨울나무에 차가운 눈이 내렸으며, 사랑하는 남녀가 손을 잡고 춤을 추는 환상적인 장면들이 잔나비의 음악과 더불어 무대에서 펼쳐졌다. 아직도 잊을 수 없는 콘서트로 기억되는 이 콘서트는 내가 정성을 들인 만큼 잔나비 팬들에게도 특별한 공연이었을 것이다. 이 공연을 하면서 진심으로 고민하면 안 풀리는 문제들도 의외로 쉽게 풀릴 수 있다는 것을 깨달았다. 항상 새로운 것을 보여줘야 하는 부담도 간단한 생각 차이 하나로 쉽게 반전될 수 있다는 것도 느꼈다. 부담을 쉽게 느끼는 성격일수록 간단하게 생각하나를 바꿔보는 것도 결과를 좋게 만드는 것에 도움이 된다는 것을 배웠다.

나는 그 공연 뒤로 아쉽게도 건강상의 이유로 잔나비의 투어를 함께하지 못했지만, 아직도 TV에서, 길거리에서 그들의 노래가 울려 퍼질 때면 그들의 팬으로서 마음속으로 밴드 잔나비를 응원하고 있다.

다음은 〈넌센스〉 관객들의 공연 관람 후기이다.

───

「이틀이 지나도 아직 그날에 머물러있어요……．

무대 너무 공들인 게 느껴졌고 2층에서 관람했는데도 몰입도

짱! 울림도 좋았구. ㅜㅜㅜㅜ 아직도 공연장에서 멘탈이 돌아오

지 않은 듯. ㅠㅠㅠㅠㅠ 콘서트 또 가고 싶다. ㅜㅜㅜㅜㅜ

잔나비, 수고했어♥」 *(ID: wkdtnals9***)*

「한편의 뮤지컬을 보았나 싶었어요.」 *(ID: kmn1***)*

「믿고 보는 잔나비! 무대 연출도 너무 예쁘고 노래마다 조명도

너무 이뻤어요!!! 노래도 너무 좋았고 공연도 너무 신났어요!!!

콘서트 주제에 맞게 넌센스한 연출 보는 재미도 있었고요!!」

(ID: hmhmch***)

「정말 재밌었던 공연이었습니다

몇 년간 본 공연 중 이 정도로 퀄리티 높은 공연은

오랜만이었습니다. 곡마다 바뀌는 무대디자인과 조명.

브라스밴드. 무용수들. 멤버들의 맞춤의상까지.

얼마나 연습하고 준비했을지 감동이었고 고마웠습니다.

77,000원 비싸다고 생각했는데 전혀 아깝지 않았던 고퀄리티

잔나비 넌센스 단독콘서트였습니다.」 *(ID: mrang***)*

우울증이라는 이름을 가진 친구를 마주하다
_feat. 인생의 가장 큰 위기

2018년은 나에게 가장 특별한 해로 기억된다. 회사를 퇴사한 순간부터 엄청난 기회들이 나에게 주어졌기 때문이다. 이상하게 회사에 있을 때보다 더 많은 기회가 오는 것 같은 느낌이었다. 주변에서도 오히려 나를 더 다른 회사에 소개해주고 추천해주었다. 거래처의 이사님, 부장님, 팀장님들도 나에게 일을 만들어주려고 했다. 그 느낌을 설명하기에는 부족하겠지만, 내가 가진 운들이 차츰 나에게 쏟아지는 느낌이었다. 국내 공연은 물론이고 해외 투어 프로젝트도 많이 맡게되었다. 해외 투어 공연을 마치고 국내에 도착하는 비행기 안에서는 국내에서 연출할 공연들의 서류를 정리하고 다시 해외 출발을 하는 일정을 번갈아 하면서 '그동안 바빴던 것은 바쁜 것이 아니었구나.'라는 생각이 들 정도였다. 퇴사하는 순간부터 들었던 우려의 상황, 내가 차린 프로덕션이 망해서 다시 회사에 입사해야 하는 상황은 없을 것 같았다. 그렇게 쉴 틈 없는 일정을 소화하는 도중에 드디어 연말이 다가왔다. 공연하는 사람들에게 연말은 그냥 몇 달간 쉴 수 없는 강행군을 하는 시기이다. 군인으로 따지면 완전 군장 훈련이 두세 달 동안 계속 이어지는 시기이다. 아침에 눈을 뜨자마자 일로 시작해서 제대로 된 잠을 거의 잘 수 없는 스케줄이 몰린 시기이다.

여기서 잠깐 연말에 대해 말씀드리자면, 나는 공연 일을 시작한 이후부터 크리스마스에는 가족들과 단 한 번도 같이 시간을 보낸 적이 없었고, 그해 마지막 날에도 집에서 누워서 새해를 맞이한 적이 단 한 번도 없었다. 항상 공연장에서 모든 연말의 이벤트들을 맞이했다. 우리나라에는 대중음악 콘서트 연출가를 직업으로 하는 사람들의 절대적인 수가 적다. 국내에 약 50명가량이 활동하는 듯한데, 연말 시즌에는 수백 개의 콘서트가 기획되기 때문에 그 콘서트들이 다 진행이 되려면 각 연출가가 4~5개의 공연을 한 번에 준비하는 상황이 생긴다.

2018년 왠지 모르게 운이 좋았다고 느껴지던 그해 겨울. 강남에서 기획사 미팅을 마치고 거리를 걷고 있는데, 갑자기 헛구역질이 시작됐다. 그렇게 길거리에 앉아서 헛구역질을 한 시간가량 하고 차에 탔는데, 도저히 운전할 수 없을 것 같았다. 그래서 차에서 약 두 시간 정도를 아무것도 못 하고 누워 있었다. 운전하려면 시동 버튼을 눌러야 하지만 손가락도 하나 까딱 못 움직였다. 왜 그런지는 모르겠지만 그 거리에서 세 시간가량을 아무것도 하지 못한 채 있다가 돌아왔다(지금 생각해보면 이게 흔히들 말하는 '공황' 상태가 아니었나 싶다).

'스트레스 때문이겠지.' '곧 연말만 지나면 괜찮아질 거야.' 하고 일종의 해프닝으로 넘어가려던 그 연말 어느 날, 무대 디자인 회의를 하고 있는데, 헛구역질이 다시 시작되었다. 이번에도 한 시간 정도를 그 회사의 화장실에서 변기를 잡고 아무것도 못 하고 멍하니 헛구역질을 반복했다. 그 모습을 보고 그 회사 직원분이 차를 태우고 나를 병원에 데려다주었다. 이쯤 되니, 내 몸에서 뭔가 잘못된 신호를 보내는 게 아닐지 걱정이 되기 시작했다.

이때 스케줄을 한번 나열해본다.

12월

13~14일 국카스텐 서울 공연 셋업 & 리허설

15~16일 국카스텐 서울 공연 (2회)

21~22일 김범수 부산 공연 셋업 & 리허설

21일 딕펑스 연말 공연 셋업 & 리허설

22~23일 딕펑스 연말 공연 (2회)

23~24일 김범수 부산 공연 (1회)

24일 국카스텐 부산 공연 셋업 & 리허설

25일 국카스텐 부산공연 (1회)

26~28일 김범수 서울 공연 셋업 & 리허설

29~31일 김범수 서울 공연 (3회)

30~31일 김나영 콘서트 (2회)

1월

1일 김범수 서울 공연 철수

2~4일 에이핑크 콘서트 셋업 & 리허설

5~6일 에이핑크 콘서트 (2회)

7일 우주소녀 쇼케이스 셋업

8일 우주소녀 쇼케이스

한마디로 전쟁이었다.

온종일 전화만 100통 이상이 오고 이메일 공유만 수십 통이 왔다. 눈을 뜬 상태로 몇 시인지 시간도 잘 모르고 살았다. 공연 연출에 관한 모든 것을 알아야 하고, 스태프들과 소통하고, 결정을 내리는 사람이었지만, 이때는 그럴 에너지가 없었다.

새벽까지 늦은 합주가 끝나면 새벽 2시. 곧바로 VJ팀(공연의 영상 비주얼을 제작하는 크리에이티브팀)으로 간다. 왜냐하면 이 VJ팀도 내가 연출하는 공연만 하는 것이 아니라서 하루라도 빨리 회의하고 결과물을 만들어내야 하기 때문이다. 그렇게 회의가 끝나면 새벽 4~5시 정도가 된다. 이때는 술을 마시지 않았지만 대리운전을 불렀다. 이 상태로 운전을 하다가 죽으면 이 콘서트를 못 할 가능성이 있으므로 정말로 죽지 않으려고 대리운전을 불렀던 것 같다. 새벽 6시쯤 집에 들어오면 신발을 벗고 바로 옷과 모자를 벗지 못하고 거실에 걸어 들어가면서 잠이 들어버린다.

그리고 오전 9시쯤 울리는 전화벨 소리에 눈을 뜬다. 또 하루가 시작이다. 눈을 뜨는 순간부터 샤워하고 미팅을 하러 밖으로 나간다. 또 같은 하루가 반복된다. 이 생활을 한 달여간 하다 보니 몸과 마음이 내가 모르는 사이에 녹초가 되어버렸다. 내가 만약 회사에 다니고 있었다면, 팀장님에게 하소연이라도 하고, 지원을 받을 수 있었겠지만 나는 이제 내가 모든 것을 감당해야 하는 상황이었다. 내가 하소연을 하면서 기댈 수 있는 사람은 아무도 없었다. 오히려 수백 명의 스태프가 내게 하는 하소연을 듣고 있었다.

그러던 중 좋지 않은 신호들이 느껴졌다. 평소와 다름없이 도착한 공연장. 그렇게 도착했는데 차에서 내리기가 싫었다. 공연장에 정말 들어가기가 싫었다. 너무 두렵고, 무서웠다. 공포감이라는 표현을 써도 어색하지 않을 만큼이었다. 마치 감옥에 끌려 들어가는 느낌이었다. 억지로 차에서 내려 공연장에 들어가면 모든 스태프가 나를 비웃는 것 같았다. 날보고 짓는 미소를 보고도 안 좋은 생각만 들었다. 웃으며 인사를 해도 사람들이 나보고 "너, 연출 너무 못해." "다른 연출 보고 배워." "연출 구려."라고 말하는 것 같았다. 밥도 먹지 않았다. 어느 때부턴가 배도 고프지 않았고, 입맛도 없었다. 이때부터는 밥을 먹었는지 안 먹었는지조차 생각나지 않았다. 사람들이랑 식당에서 마주치는 것도 너무 소름 끼치게 싫었다.

공연이 끝나고 난 후에는 화장실로 뛰어갔다. 헛구역질을 맘껏 하기 위해서였다. 화장실 한쪽에서 헛구역질할 때 스태프들을 마주치면 다 내 눈을 피했다. 솔직히 그들도 알아챘을 것이다. 나의 심각한 상태를. 헛구역질보다 심각했던 것은 바닥까지 내려간 자존감이었다. 누구보다 행복해하며 공연을 연출했고, 공연이 끝나고 난 후 그 희열로 삶을 살아갔던 나였는데, 이제는 공연장에 가기가 두려웠고, 아티스트와 대화를 하는 것조차 힘들었다.

지금 할 수 있는 나의 마지막 책임감은 지금 내가 맡은 프로젝트가 잘 진행될 수 있게 하는 것이다. 나는 내 연출 선배인 김경찬 감독에게 전화했다(김경찬 감독은 나에게 위기가 닥칠 때마다 진심으로 의지할 수 있는 좋은 선배 연출이다).

> **나:** 형, 나 상황설명은 하기 힘든데, 진짜 실제 상황인데, 나 좀 도와줘요.
> **김경찬:** 뭔 상황인데?
> **나:** 일단 사무실로 나와줘요.

그렇게 사무실로 김경찬 감독이 도착했고, 나는 얘기를 시작했다.

나: 형, 나 도저히 공연 연출할 자신 없으니까. 지금 예정되어 있는 공연 형이 좀 해주면 안 돼요?

이렇게 시작된 회의는 새벽까지 이어졌다. 스태프가 한 명, 한 명 늘어서 어느새 회의 테이블에는 약 10명의 스태프가 앉아 있었다. 내 현재 상태를 스태프들에게 공유했다. 솔직히 말하면 최대한 이른 시일 내에 현재 있는 공연을 정리하고 싶었다. 안 하고 싶었다. 되돌아보니 너무 창피한 일이었다. 이 새벽에 내가 힘들다고 모두 불러 앉혀서 회피를 하려고 했다니. 지금 와서 하는 말이지만, 그때는 정상적인 사고를 할 수 있는 상황이 아니었다. 도망치고 싶었고, 회피하고 싶었다. 긴 회의 끝에, 내린 결론은 내 공연은 내가 마무리하는 것으로 났다. 지금 생각해보면 당연히 결과가 정해져 있는 것이었다. 애초에 말이 되지 않는 상황이었다. 내가 끝까지 마무리하는 것. 그래. 이게 맞는 결론이었다.

그렇게 결론을 내고 전쟁 같은 12월의 공연들과 1월 초 예정된 스케줄까지 마무리했다. 그리고 괜찮아질 줄 알았던 내 상태는 오히려 안 좋은 쪽으로 가는 듯했다. 체중이 급격하게 줄었고, 보는 사람마다 안색이 너무 안 좋다고 했다. 억지로 웃어보려 해도 얼굴 근육이 굳은 느낌인지 웃어지지도 않았다. '이대로 가다가는 내가 아티스트 공연도 망치고 내 삶도 망칠 것 같다. 행복하지가 않다. 아니, 불행하다. 언제가 될지 모르겠지만 잠시 이 일을 그만두자.' 속으로 안 좋은 생각들이 마구 피어올랐다. 떨쳐보려고 했지만 그게 맘대로 되지가 않았다. 이때 나는 몇 개의 공연이 예정되어 있었는데, 그중 하나가 바로 잔나비의 투어 공연이었다. 너무 사랑한 잔나비 공연의 두 번째 시즌을 함께하고 싶었지만, 전화를 걸어 죄송하지만 공연을 함께할 수 없다고 말했다. 내 감정 때문에 아티스트의 공연을 망치고 싶지 않았다. 솔직히 자신도 없었다. 거절의 전화를 할 때는 말로 할 수 없을 만큼 슬펐다. 공연 연출을 할 때 가장 행복했던 나는 이제 없었다. 두렵고 무섭기만 했다. 그래서 모든 것을 멈추고 싶었다(이 글의 공간을 빌어 잔나비 밴드에게 진심으로 미안했다고 말하고 싶다).

그러던 어느 날, 나는 운전을 하는 도중 도로 옆 한쪽에 차를 세우게 됐다. 왜인지 정확히는 모르겠지만 굉장히 불안했다. 모든 일에 대한 걱정이 한꺼번에 몰려왔고, 너무 불안해서 도로에 차를 잠시 정차했다.

'뭔가 잘못된 것 같다. 평소에 내가 아닌 것 같은 느낌이 든

다.'

그리곤 주위에 있는 병원을 검색해서 찾았다. 그렇게 해서 찾아간 병원에서 종합 검사를 받았다. 그때는 최대한 티를 내지 않으려 의사 선생님과 웃으며 대화를 했다. 심각한 진단이 내려질까 걱정이 되어 마치 잠시 아주 작은 스트레스를 받은 사람처럼 행동했다. 연기를 한 것이다. 의사 선생님이 진단한 내 상태는 생각보다 심각한 것 같았다. 의사 선생님은 심박 검사 수치를 보시더니, 지금 현재 상황이 안 좋은 쪽으로 상위 1% 정도이다. 바로 조치를 취해야 할 것 같다고 말씀하셨다. 그렇게 나는 2019년 1월 처음으로 우울증이라는 진단을 받았다. 의사 선생님과 대화 중에 이런 말을 했다.

나: 제가 하는 일을 그만둬야겠죠?

의사: 무슨 말이에요? 계속해야 해요. 멈추면 안 됩니다.

나: 아 그런가요?"

의사: 잠 많이 자고, 낮에 햇빛 많이 받으시고, 가벼운 운동 자주 하고, 소고기 많이 드시고요. 일주일 정도 뒤에 봅시다.

의아했지만 의사 선생님은 나와 상담 도중에 일을 절대 그만하면 안 된다고 했다. 쉬지 말고 지금 패턴을 그대로 유지하라고 했다. 일을 쉬면 오히려 더 안 좋아질 수 있다고 했다. 그렇게 우울증 진단을 받고 나니 한편으로는 속이 후련했다. 그래도 끝을 알 수 없던 내 감정의 상태가 이름이라도 달린 병으로 결론이 나니 마음은 가벼웠다. 기쁘기까지 했다. 더 이상 나빠질 수 없는 상황이니 그랬던 것 같다.

그 뒤, 나는 의사 선생님이 하라는 대로 행동하고 처방받은 대로 실행했다. 그랬더니 열흘도 채 되지 않아서 바로 우울증 이전의 정상적인 생활로 돌아올 수 있었다. 정말 신기한 경험이었다. 마치 마법같이 끝이 나지 않을 것 같았던 우울감이 한 번에 사라진 느낌이 들었다. 예정되어 있는 공연들을 못한다고 거절한 상황이라 시간도 많이 생겼고, 생각할 시간도 많아졌을 때, 다행히도 내 마음이 조금씩 안정을 찾아갔다. 우울증이란 이름의 친구와 만남으로 시작된 나의 스펙터클한 2019년은 그렇게 펼쳐졌다.

나는 아직도 그때 차를 도로 옆에 세우고 병원을 찾았던 것이 정말 다행이라는 생각이 든다. 혹시 이 글을 읽는 분들 가운데 나와 비슷한 경험을 하는 사람이 있다면, 너무 쉬운 일이다. 정말 간단한 일이다. 병원을 찾아가라고 말하고 싶다. 우울증이라는 놈을 친구로 받아들이고 쉽게 편하게 생각하면 된다.

2018년 가장 어두운 터널을 통과하면서 느낀 것이 있다. 능력이나 시스템이 뒷받침되지 않은 채로 열정과 욕심만으로 일을 하면 결과가 좋은 방향으로 흘러가지 않을 수 있다는 것이다. 모든 일은 물리적으로 할 수 있는 양이 정해져 있고, 나의 몸도 소화할 수 있는 일의 양이 정해져 있다. 나도 아직 서툴지만, 후배들은 나와 같은 아픔을 겪지 않길 바라는 마음에서 말하자면, 그게 누구든 자기를 잘 알아야 하고 본인의 마음을 컨트롤 할 수 있어야 한다는 것, 그게 가장 우선이다. 다 가지려다가 다 잃을 수 있다. 그리고 우울할 때는 꼭, 반드시, 병원에 가자. 그게 살길이다.

내게 NEW WAY를 열어준 콘서트
_ 김현중 투어 〈NEW WAY〉

우울증 진단을 시작으로 그 어느 해보다 인상 깊게 맞았던 2019년 1월. 계획된 모든 콘서트 연출 스케줄을 취소했지만 그 이전부터 기획 단계에서 함께했던 2019 김현중 콘서트 〈NEW WAY〉 투어는 차마 취소하지 못했다. 아티스트 입장에서 3년 만에 하는 국내 투어라 갑자기 내가 빠지면 마지막까지 책임을 지지 않는 것 같았다. 그도 그럴 것이 이 공연은 연말 전부터 미리 준비를 다 해놓았던 공연이어서 내 안 좋은 상태와 상관없이 스태프들을 의지하고 가면 투어를 완주할 수 있을 것 같았다. 이 공연이 마지막 공연이라는 생각으로 투어를 시작할 때 즈음이다. 그때도 솔직히 말하면 무대를 만들어간다는 자신감과 나 자신에 대한 자존감이 많이 무너진 상태였기 때문에, 다른 사람들의 의견과 결정에 의지했었다(사람이 자존감이 낮아지면 주변 사람들에게 의지하게 된다는 것을 그때 깨달았다).

　콘서트를 만들 때 연출 감독들은 대부분 가수의 의견을 첫 번째로 존중한다. 싱어송라이터의 경우엔 더더욱 그렇다. 이 노래를 연기하는 감정을 온전히 느끼는 사람이 바로 가수 본인이기 때문이다. 그래서 콘서트 연출 감독들은 곡의 분위기와 가사를 분석하고 그에 맞는 연출을 준비하기 마련이다. 연출가는 무대를 시뮬레이션 한 무대의 시안과 공연의 전반적인 흐름, 그리고 곡별 연출안, VJ 시뮬레이션 등을 준비해 연습 과정에서 가수들이 이해할 수 있게 설명하고, 그들의 의견을 취합하여, 다시 스태프들과 상의하며 하나의 공연을 만들어간다. 예를 들어 설명하자면, 겨울을 노래하는 슬픈 발라드에서는 눈이 내리는 특수효과를 사용하고, 쓸쓸한 느낌의 블루 조명을 사용하고, LED 화면에는 겨울나무들 사이로 지나가는 사람을 그려낸다. 이때 가수의 동선은 LED에 나오는 사람과 같은 방향으로 걸어갔으면 좋겠다고 의견을 제시한다. 그리고 느낌이 강하고 움직임이 격렬한 곡들의 경우

"이동식 핸디 카메라를 무대 위에 설치할 테니 카메라를 응시해 주면 좋을 것 같다."라고 의견을 내고, 셋 리스트의 수정이 필요할 때는 "이 곡 다음에는 기본에 지리에 있던 곡보다 다른 곡으로 대체되면 분위기와 스토리에 맞게 연출을 이어갈 수 있으니 좋겠다." 등등 생각보다 많은 대화들이 오가며 각각의 중요한 결정이 내려진다. 이런 종류의 커뮤니케이션 과정은 콘서트를 연출할 때 굉장히 중요한 과정이다. 아티스트가 생각하는 공연의 이미지와 메시지, 그리고 연출가가 생각하는 공연의 이미지를 결합해 만들 수 있는 최선의 결과물을 만들어내야 하기 때문이다.

모든 일이 마찬가지겠지만, 콘서트에서는 모든 것이 한정적이다. 120분이라는 공연의 러닝타임부터, 공연할 수 있는 곡들의 수, 무대 위라는 한정적인 공간, 틀려도 다시 할 수 없는 라이브라는 제약, 그리고 연출에 필요한 제작 예산까지 거의 모든 것이 한정적이다. 그 한정적인 상황에서의 최대한의 효과를 내려면 사전의 준비와 커뮤니케이션이 정말 중요하다.

여느 때와 다름없이 연습에 참석하고, 아티스트와 회의를 하는 도중, "현중 씨, 이 곡에서는 빛을 내는 모든 것들을 다

끄고 조명만 남길 생각이에요." "이 곡, 이 가사 부분에서는 낮은 스모그로 특수효과를 사용할 예정이고, 마지막 하이라이트 부분에서는 꽃가루 특수효과를 사용해 볼 생각이에요. 어떠세요?" 이러한 대화가 오가는 와중이었다. 김현중이 나에게 한마디 했다. "감독님, 감독님이 생각하신 거, 하고 싶은 거 다 하세요. 저 감독님 믿고, 노래 열심히 할 테니까요. 감독님이 저보다 더 이 무대에 대해 많이 생각하셨잖아요."

그 순간, 갑자기 내 몸에 소름이 돋았다(왜 소름이 돋았는지는 아직도 모르겠지만, 그때 그 소름 돋았던 느낌은 지금도 생생하다). 자존감이 급격히 떨어진 상황에서 가수가 "나를 믿는다."라는 말을 해주니 고마워서 눈물이 날 지경이었다. 김현중이라는 아티스트의 투어는 거의 모든 곡이 직접 쓴 자작곡으로 이루어진 공연이었기 때문에 무대 시안부터 밴드의 위치 등 모든 것을 꼼꼼히 체크하는 스타일이었는데, 이날의 그 회의에서는 내게 믿는다는 말 한마디만 하고 남은 연습을 진행했다. 내가 가장 듣고 싶었고, 지금 나에게 가장 필요한 말. "너를 믿는다." "네가 최고야."라는 말을 가수에게 직접 들으니, 뭔가 마음과 몸이 힐링 되는 느낌이었다. 그즈음 많은 생각을 하게 되었다. 내가 누구를 믿는다는 것을 표현할 때 사람은 하고 있는 일에 결과가 좋아질 수 있으며, 마음의 안정을 얻는다. 그리고 더 인정받고 싶고, 믿음을 깨기 싫어 더 열심히 할 수 있다는 것. 그리고 그 일에 마음을 다한다는 깃을 배웠다.

내가 마지막 콘서트 연출이라고 생각했던 시기에 만난 김현중의 2019년 국내 투어 〈NEW WAY〉는 그 이름처럼 내 콘서트 연출에 NEW WAY를 제시해주었고, 몇 년이 지난 지금도 그때 그 공연에 참여했던 모든 스태프가 한마음, 한뜻으로 김현중의 콘서트를 진심으로 만들어가고 있다.

그가 쓴 곡 〈NEW WAY〉의 가사 일부를 소개하면서 이 글을 마무리한다.

「......길을 밝혀줘 나를 안아줘

홀로 차디찬 어둠을 걸어도

네게 닿을 수 있게

긴 어둠 끝에 나를

다시 일으켜 세워준 너에게

약속해, 널 위해

I will shine for you

I'll be there until the last

flowers fall down over us

나를 따라와. It is my new way

I can reach the heaven's glow

When the stars are falling down

나를 따라와. It is my new way……」

다시 연출을 해야겠다고 생각했다
_ 김종국 콘서트 〈김종국 찾기〉

2019년 초, 어느 공연을 준비하면서 홍대 어느 깊숙한 골목을 지날 때였다. 어디선가 낯설지 않은 목소리가 나를 불렀다.

"명감독님."

내 앞을 지나가는 차 안에서 나는 목소리였는데, 가까이 가서 보니 공연 제작사 딜라잇컴퍼니 이지혜 대표님이었다. 이지혜 대표님은 가수 김범수의 콘서트를 제작한 제작사 대표님으로 나와의 첫 인연은 '2018 김범수 콘서트 〈싹스리〉'의 제작자와 연출가로 만난 사이다. 내가 회사에서 독립해 프리랜서 시절에 프로필을 들고 무작정 사무실로 찾아갔는데, 그 무모함(?)을 기억하고 있다가 기회가 왔을 때 나를 연출로 택해준 유일한 제작자이다.

나는 사실 이 시기에 길거리에서 이지혜 대표님을 만난 것이 약간 뻘쭘하기도 했다. 다시 한번 말하자면 2019년 초에는 내가 연출이라는 직업을 그만둔다는 생각을 지니고 있었던 때였고, 그래서 이지혜 대표님과 예정되어 있던 공연도 못 하겠다고 말해놓은 상태였기 때문이다.

나: 앗! 대표님 안녕하세요. 어떻게 여기 계세요?
대표님: 나, 여기 근처 왔다가 친구네 회사로 가는 중이에요.
나: 와, 대박. 여기서 뵙네요.
대표님: 일정 급하지 않으면 차 한잔할래요?

그렇게 길거리에서 우연히 만난 대표님과 근처 가장 가까운 커피숍에서 이런저런 이야기를 했다. 정말 의도치 않은 우연한 만남이었는데, 그때의 내 감정은 정말 다 내려놓은 감정 때문인지, 뭔가 편안했다. 그동안 어떻게 지냈는지, 내 딸은 잘 크는지(내 딸 재인이는 내 정신이 가장 혼란스러웠을 2018년 12월 20일생이다). 등등 근황토크를 하는 와중이었다.

대표님: 그래서 앞으로 진짜 연출 안 하려고?

나: 아직 모르겠지만 당분간은 안 하려고요.

대표님: 하다 보면 그럴 때도 있는 거지. 연출 접는다는 생각까지 하고, 많이 힘들어요?

나: 진짜 모르겠어서 그래요. 당분간 못할 것 같아요.

보통 이런 대화가 오가면 대화의 상대방은 나에 대한 기대나 바람을 조금 내려놓는 것이 일반적이다. 내가 직업을 포기하겠다고 단정을 지어버리는 대화에서 대표님이 한마디 던졌다.

대표님: 공연 하나 기획하고 있는데, 명감독님이랑 같이 하면 좋을 것 같아요.

나는 속으로, '아, 확실히 보통사람은 아닌 것 같다.'라고 생각했다. 조금 전까지 연출 그만두겠다는 사람에게 공연을 같이하자니! '와. 인정.' 근데 정말 더 신기한 것은 조금 전까지 공연을 그만두겠다고, 앞으로 어떻게 할지 모르겠다고 대답한 내가 갑자기 고민이 되는 거였다. 근데 이렇게 제안이 훅 들어온 상황 안에서 내 마음은 공연을 하고 싶다는 생각으로 금세 가득 찼다.

나: 그게 언제에요? 음… 할 수 있을 것 같아요.

그 만남이 내 운명에 있어 우연이었는지 필연이었는지 아직도 잘 모르겠지만, 그렇게 나는 가수 김종국의 9년 만의 단독 콘서트 〈김종국 찾기〉의 연출을 맡았다. 나를 다시 대중음악 콘서트 연출가 명승원으로 지금까지 이끌어준 콘서트이다. 이 공연을 하면서 나는 다시 공연을 해야겠다는 생각을 했기 때문이다.

가수에 대한 설명은 굳이 필요 없겠지만 잠깐 설명을 하자면 가수 김종국은 20년이 넘는 가수 생활 동안 다양한 히트곡을 보유하고 있었고, 예능에서 활약도 대단했다. 그리고 솔직히 주변에서 좋은 이야기를 너무 많이 들어서 이 공연에 참여하고 싶다는 생각이 컸다. 역시 실제로 만난 가수 김종국은 말 그대로 좋은 사람이었다. 무대 위에서도, 무대 아래에서도 다른 사람을 배려하는 사람이었다. 공연 회의나 곡 선정을 할 때도 많은 사람을 배려하면서 콘서트에 참여한 모든 사람을 이끌었다.

나는 무대 위에서 관객에게 하는 멘트에서 가수가 무대를 어떻게 생각하는지 조금은 알 수 있다고 생각한다. 말투나 행동, 자세 등등 관객을 대하는 태도는 팬들로 하여금 이 공연을 봤다는 자부심을 느끼게 할 때도 있다. 모든 가수가 같은 마음이겠지만, 김종국은 그 고마운 감정을 말로, 행동으로 관객에게 꼭 전달하고 싶어 하는 것 같았다. 전국 투어 중 그가 마지막 곡을 부르기 전에 항상 하는 멘트가 있다. 너무 멋있어서 영상으로 남겨 생각 날 때마다 보려고 놓았는데, 그중 일부를 옮겨 적어보겠다.

"오늘 오셨던 (관객분들과) 저와 함께했던 시간이 오래도록 깨끗하게 추억에 남을 수 있도록 제가 책임감을 느끼고 열심히, 오랫동안, 바르게 활동을 하도록 하겠습니다."

내가 지금까지 들어본, 무대 위에서 가수가 했던 멘트 중에 가장 멋있는 말이다. 가장 진심이 담겨 있기도 했다. 공연 첫 번째 회차 중 마지막 멘트로 기억하는데, 이 공연을 끝내고 나서 내 마음속에서 힘든 것들이 좀 씻겨져 내려가는 것 같았다. 왜냐면 콘솔에서 공연을 보면서 진정으로 좋은 기운이 느껴졌기 때문이다. 그리고 한편으론 창피한 마음도 생겼다.

나는 언젠가부터 콘서트에 관객들이 오는 것이 당연한 것으로 알고 있었다. 사실 수백, 수천 명의 사람들이 같은 시간, 같은 장소에서 같은 감정을 느끼며 함께 있는 120분가량의 시간은 돈으로는 살 수 없는 귀중한 시간이다. 한 명, 한 명 귀중한 시간과 돈을 들여 공연을 보러 오는 것이다. 관객들의 그 귀한 시간을 책임지는 사람이 바로 연출가라고 생각한다. 무대 위 그의 마지막 멘트를 들으며 나는 다시 한번 내가 사랑하는 콘서트에 대해 되돌아보는 계기가 되었고 그것의 소중함을 느꼈다. 이 모든 것이 홍대의 한 길거리에서의 그 우연한 만남으로부터 시작되었다는 것을 생각해보면 나는 운이 좋은 사람이라고 생각한다. 그 공연으로 인해 공연을 그만두지 않게 되었으니 말이다. 되돌아보면 나는 필요한 때에 필요한 공연을 만나는 복을 타고난 것 같다. 정말로 감사한 일이다. 그리고 이러한 감정을 담아 공연이 끝난 후 이지혜 대표님에게 편지를 썼다.

「 대표님!

좋은 아티스트와 함께할 기회를 주셔서 감사해요!

연초에 힘들었는데, 이 공연 하고 행복했어요!

수고 많으셨어요! 」

무대에 대한 감사를 느끼게 해주다
_ 김범수 투어 〈THE CLASSIC〉

'김나박이'. 대한민국 대중가요사에 있어 빼놓을 수 없는 단어다. 보컬의 신들을 모아서 부르는 용어로 김범수, 나얼, 박효신, 이수를 뜻하는 단어이다. 이름만 들어도 누구나 알만한 가수들이라는 뜻이다. 나는 그중 김범수라는 아티스트의 20주년 공연 연출을 맡게 되었다. 2018년도 김범수의 연말 콘서트의 연출로 만나 20주년 전국 투어 콘서트까지 함께하게 되었다.

개인적으로 내가 고등학교 때부터 R&B 장르를 너무 좋아해서, 학교를 마치고 나면 다음 카페에 있는 '알앤비소울동영상카페(일명 알소동)'에 접속해 매일 영상을 찾아보았는데, 김범수는 내가 가장 리스펙트하는 가수 중 한 명이었다. 예전에 스케치북이라는 프로그램에 나와 'I believe I can fly'를 부른 영상이 레전드 중에 레전드였는데, 나는 거의 매일 그 영상을 찾아보곤 했었다.

내가 리스펙트하는 가수의 20주년 콘서트를 연출한다는 것은 개인적으로도 잊을 수 없는 사건이었는데, 김범수 20주년 콘서트는 가수 본인에게도 잊을 수 없는 공연이지만, 나에게도 잊을 수 없는 공연이다. 공연의 내용이나 연출도 그렇지만, 누구나 겪을 수 없는 큰 사건을 겪었기 때문이다.

가수 김범수는 콘서트를 할 때는 연출가로 변신한다. 본인의 음악과 무대를 직접 상상하고 그리는 가수다. 무대 구성, 음악편곡, 셋 리스트와 공연 중간의 브릿지 영상, 심지어는 노래를 할 때 입는 의상까지 거의 모든 부분에 그의 손길이 거쳐 가지 않는 것이 없다. 공연의 퀄리티를 높이고 관객에게 최고의 공연을 보여주기 위해서 해외에 공연을 보러 다니고, 다른 가수들의 공연도 모니터링하는 가수이다. 노래 실력은 타고났겠지만, 무대 위에서 공연을 하는 실력은 노력형이라고 옆에서 지켜본 사람으로서 감히 말할 수 있다. 그런 그가 가수 인생의 20주년을 맞아 콘서트를 한다는 소식이었다. 아직도 기억에 남는 것이 2018년 연말 콘서트를 12월 31일에 끝내고 휴가를 떠난 그는, 그의 20주년 콘서트 셋 리스트를 2019년 1월 4일 오전에 우리에게 보내왔다. 공연이 끝난 후 약 72시간 만에 다음 공연의 셋 리스트를 보냈다는 의미는 어떤 의미일까? 그는 꽤 오래전부터 이번 공연을 구상하고 있었고 오래전부터 이미 구상이 끝난 상태라고 볼 수밖에.

건강 상태로 인해 함께하지 못할 뻔했던 콘서트에 다시 한 번 연출팀으로 합류하게 되었을 때 가장 첫 스케줄이 바로 그와 20주년 콘서트에 관한 회의였다. 그날 그의 머릿속에 모든 것이 계획되어 있었다는 것을 느끼게 했다. 무대의 모양은 어땠으면 좋겠고, 음악의 편곡은 어떤 방향일 것이고, 오프닝 곡에서의 등장, 그리고 어느 곡, 어느 가사에 이런 연출이 있었으면 좋겠다는 의견을 냈다.

가수도 스태프도 일생에 한 번 있는 20주년 콘서트를 위해 집중하고 집중했다. 가수는 오케스트라와의 합주가 끝나면 곧장 안무 연습을 했고, 스태프들도 하나의 실수도 하지 않으려 모든 팀이 온 힘을 다했다. 음향감독은 최고의 사운드를 내기 위해 가수에 맞는 사운드를 연구하고, 조명감독 또한 한 박자도 놓치지 않으려 편곡된 음악을 연구하며 조명 디자인을 했다. 나도 모두가 열심히 노력하는 공연을 최고의 퀄리티의 공연으로 만들어 관객에게 고스란히 전달하려고 집중했던 것 같다.

공연 전날 있었던 최종 리허설이 끝나고 드디어 공연 날이 다가왔다. 공연 당일 리허설은 최대한 사운드 위주의 체크로만 진행한다. 가수 본인도 컨디션을 최대로 끌어올릴 정도의 리허설만 하고 본공연을 시작하기 마련이다. 이제 만반의 준비가 끝나고 리허설만 잘 마치면 관객에게 우리가 준비한 공연을 보여줄 수 있다. 그런데 그날따라 리허설이 조금 길어지는 느낌이 들었다. 평소와 조금 달랐던 패턴이었지만 사운드 리허설을 기다려 보기로 했다. 하지만 어딘가 모르게 좋지 않은 느낌이 들었다. 가수의 목소리가 평소에 듣던 목소리와 조금 달랐다. 사운드 리허설 도중에 내가 무대로 올라가는 경우는 별로 없는데, 내가 올라가서 괜찮으시냐고 물어볼 정도였다. 그 후 가수가 리허설 중간에 병원에 진단을 받으러 출발한다는 소식이 들렸다. 그때까지도 큰 걱정은 하지 않았다. 불과 하루 전까지만 해도 병원에서 아무 문제가 없다는 결과를 듣고 온 터라 설마 무슨 일이 있을 것이라고는 생각하지 못했다.

공연 약 두 시간 전, 병원에 갔다가 다시 공연장에 도착한 가수는 제작사와 긴급회의에 들어갔다. 아무래도 상태가 좋지 않은 것 같은 느낌이 들었다. 그리고 긴 시간의 회의 끝에 결론이 났다. 그때가 공연 시작 5분 전 정도쯤인 것으로 기억한다. 그는 관객을 위해 무대로 향했고, 결국 오프닝 곡을 다 부르지 못한 채 자신의 20주년 기념 공연을 포기하기로 했다. 나중에 알고 보니 급성 후두염을 진단받고 병원에서 돌아온 것이었다. 난생처음 겪어보는 상황에 어리둥절했다. 가수의 몸 상태가 우선 걱정됐고, 심리 상태도 걱정되었다. 몇 개월간 완벽하게, 그리고 그렇게 열심히 준비한 공연을 할 수 없다니 이 상황이 실제 상황인지 꿈이라면 지금 깨고 싶었다.

결국 가수는 관객들에게 마지막 인사를 하기 위해 무대에 올랐다. 나는 콘솔에 있어 무대에 오르는 그 모습을 직접 보지는 못했지만, 그 순간 누구보다 처참한 심경이었을 것이다. 무대에 오른 그는 오프닝 곡의 한 부분만을 부르고 결국 무대에서 내려오게 되었다. 그리고 공연장의 로비에서 집으로 가는 관객 한 명, 한 명에게 사과를 하며 가는 길을 배웅했다.

내가 고등학교 때부터 우러러봤던 대가수의 20주년 콘서트가 이렇게 끝이 나다니, 한동안 콘솔에 앉아서 일어날 수 없었다. 내 옆에 있는 감독님들도 좀처럼 콘솔에서 일어나지 않았다. 오히려 가수는 그날 덤덤한 모습이어서 강렬하게 기억에 남아 있다. 기다리고 있던 스태프들에게 고생했다는 인사를 남기고 공연장을 떠난 그는 자신의 마음을 담은 편지를 써 관객들에게 메시지를 발송했다.

「제 20주년을 기념하는 콘서트에 오시기 위해 일찍부터 티켓을 예매해주시고 바쁘신 와중 어렵고 귀한 걸음 해주신 모든 관객분께 깊은 사과의 말씀을 먼저 올립니다. 공연을 앞둔 만큼 최선의 관리를 다했음에도 불구하고, 5월 10일 서울 첫 공연 날 리허설을 진행하던 도중 컨디션이 급격히 떨어졌습니다. 리허설을 마친 후 바로 병원으로 향했고 그 결과 '급성 후두염'이라는 진단을 받았습니다. 이미 공연장에 오신 관객분들께 염치 불고하고 무대에 올라 첫 곡을 부른 후 제 목 상태와 오늘의 상황을 있는 그대로 전해드리고 직접 얼굴 뵙고 사과드리고 싶었습니다. 미리 대처할 새도 없이 단 하루 만에 이렇게 급성으로 목 상태가 악화돼 가수로서 부끄러운 소식 전하게 돼 정말 송구스럽습니다. 관객분들과 만날 이날만을 손꼽아 기다리며 5개월 동안 거의 모든 시간을 스태프들과 밤낮없이 공연에만 매진해 온 저로서도 쉽게 받아들일 수 없는 상황이었습니다. 하루빨리 회복해서 앞으로 이어질 진국 투어 일정에 지장이 생기지 않도록 최선을 다하겠습니다.」

그 뒤 가수가 몸을 회복하기까지 꽤 오랜 시간이 걸렸고, 몸 상태가 호전되자마자 우리가 준비했던 공연을 관객들에게 보여줄 수 있게 되었다. 우여곡절을 겪은 20주년 공연은 관객들이 만족하는 공연으로 전국 투어를 마쳤다.

이 시기에 나는 나에게 무대가 얼마나 소중한 것인지 다시 한번 생각해보는 계기가 되었다. 관객들이 공연장을 찾아오고 공연에 막이 오르고 공연을 무사히 마칠 수 있는 것도 하나하나 감사한 일이라는 것을 새삼 깨달았다. 2019년에 만난 공연들은 나에게 무대에 대한 소중함을 다시 한번 일깨워준 공연들이다. 공연이 취소되는 해프닝을 겪으면서 나는 내가 일하고 있는 '무대'라는 것에 대한 감사함을 느끼게 되었고, 그 감사한 마음으로 공연을 만들려고 지금도 노력하고 있다.

끝날 때까지 끝난 것이 아니다
_ 허각 콘서트 〈공연각〉

나는 콘서트를 연출 할 때 가수의 모든 곡을 듣는 편이다. 내가 셋 리스트를 작성할 기회가 생기면 가수의 소속사에 앨범 발매 리스트를 요청해 모든 곡을 체크하고 더더욱 꼼꼼히 들어보는 편이다. 반나절 정도를 음악을 듣는 시간에만 집중하는데, 공연에 대한 모든 생각이 바로 이 시간에 대부분 결정된다고 보면 된다.

내가 사람들에게 가장 많이 듣는 질문 중 하나가 "콘서트 할 때 곡은 누가 정해요?"라는 질문이다. 이전에 한 번 이야기했지만 이것이야 말로 '케.바.케'인데 굉장히 여러 가지 케이스가 있다.

1. 아티스트가 셋 리스트를 정리해서 넘겨줌.

2. 아티스트 소속사에서 셋 리스트를 정해서 넘겨줌.

3. 연출팀에서 정해서 아티스트에게 전달.

4. 연출팀과 아티스트가 상의하여 구성.

크게는 이 네 가지 경우인데, 각각의 케이스마다 상황이 다르고 장점과 단점이 있다. 허각 콘서트의 경우 3번, 4번에 해당한다. 나는 개인적으로 연출팀에게 셋 리스트 구성의 권한이 생기면 공연의 흐름과 연출적인 요소에 큰 도움이 된다고 생각한다. 아티스트가 셋 리스트를 정하는 경우는 음악적인 요소를 고려하여 정하는 것이 대부분인데, 이는 앨범을 만들 때는 효과가 클 수 있지만, 무대에서는 음악적인 요소 말고도 무대, 동선, 효과, 조명 등등 고려해야 할 부분들이 아주 많아 개인적으로 연출팀이 셋 리스트 초안을 구성하는 방식을 선호한다.

가수 허각의 공연 준비과정에서 연출팀에게 셋 리스트를 정할 수 있는 권한이 주어졌고, 나는 어김없이 모든 곡을 들으면서 셋 리스트를 짰다. 그는 10여 년이라는 짧지 않은 기간 정상에서 가수 활동을 해서 그런지 히트곡이 많았고, 그렇기 때문에 셋 리스트를 구성하는 데에도 큰 어려움이 없었다. 가수 또한 나의 의견을 존중해주었다. 가수가 연출가를 믿어주는 순간, 연출가는 등에 날개를 달게 된다. 그렇기 때문에 가능한 한 할 수 있는 모든 것들을 상상하면서 무대연출을 구상할 수 있게 된다.

2019년 나의 마지막 공연이었던 허각 콘서트 〈공연각〉. 개인적으로 만족할 만한 공연을 했던 것으로 기억하는데, 그 이유는 당시에 공연에 참여한 거의 모든 사람이 내 편이었고, 내 의견을 존중해주었기 때문이라고 생각한다.

그때 셋 리스트를 살펴보자면 데뷔곡 '언제나'라는 곡을 오프닝으로 등장해서, 드라마 OST로 유명한 '한사람', 'Cosmos', 그리고 허각에게는 빼놓을 수 없는 프로그램 〈KBS 불후의 명곡〉이라는 방송에서 불러 화제가 되었던 곡 '내 사랑 내 곁에', '소주 한 잔'을 불렀다. 그리고 '하늘을 달리다'라는 곡을 마지막으로 앙코르만을 남겨 둔 채 공연을 마치는 것으로 구성했다. 가장 특이했던 것은 허각의 공연에는 앙코르가 없는 것으로 유명한데, 군더더기 없고 솔직한 성격 때문인지, 무대에서 퇴장하지 않고 앙코르 무대를 하는 것이 특징이었다. 그리고 허각의 콘서트에는 가장 큰 시그니처

곡이 있었는데, 지금까지의 콘서트에서 마지막 곡은 항상 '나를 잊지 말아요'라는 곡으로 공연을 끝마치는 것이다. 어떤 가수의 시그니처를 내 맘대로 건드릴 수는 없는 상황이었고, 그 곡이 공연을 마무리하기에 알맞은 곡이었기 때문에 별 무리 없이 마지막 곡을 그 곡으로 준비했다.

그리고 대망의 공연 날. 모든 것이 잘 준비된 상태에서 집을 나서 공연장으로 출발했다. 나는 거의 모든 공연을 준비할 때 폴더별로 라이브 연습 음원을 나눠놓고 음원을 듣는데, 공연 날은 그날 하는 공연의 순서대로 완벽하게 듣고 공연장으로 가는 루틴이 있다. 특히 공연 날에는 그 공연 연출을 복기한다는 생각으로 해당 공연의 전곡을 순서대로 듣는 데, 이날따라 마지막 곡 '나를 잊지 말아요'를 듣는데 그 곡을 계속 반복해서 듣고 싶은 기분이 들었다. 정확하게는 나도 내 감정을 잘 모르겠지만, 이 곡이 어딘가 허전해 보이기도 하고, 마지막까지 너무 물 흐르듯이 흘러왔다는 생각도 하게 되고, 살짝 아쉽기도 하고 조금 복합적인 감정이 들었다. 그래서 그 날엔 공연장에 도착하는 시간까지 계속 그 한 곡만 들었던 걸로 기억한다.

그렇게 많이 들었는데 떠오르지 않았던 아이디어가 운전하는 도중에 순간적으로 떠올랐다. 그 마지막 곡, 하이라이트 부분에서 가수가 마이크를 떼고 육성으로 부르면 감동적일 것이라고 생각이 들었다. 정확히 말하자면, 관객들이 편안하게 앙코르곡을 듣고 있을 때 이 공연의 기억을 강렬하게 가져갈 수 있게 '카운터펀치'를 날리고 싶은 생각이 들었다. 하지만 문제가 있었다. 나는 그 생각이 좋다고 판단했지만 다른 스태프들과 가수는 그것을 어떻게 생각할지 몰랐다. 그리고 대부분의 준비를 끝마쳤는데 내 욕심 때문에 한 번에 무대를 바꾸자고 제안하는 것은 상당히 조심스러운 일이었다. 밴드마스터(공연의 음악적인 편곡과 무대 위 연주의 책임을 지는 사람)와 조명감독에게는 내 아이디어 때문에 준비한 것들을 번거롭게 수정해야 하는 일이 생기기 때문이다.

이런 문제를 해결할 때는 내가 얼마나 확신을 지니고 상대방의 동의를 얻어 설득하느냐에 결과가 달려 있다고 생각한다. 그리고 더 중요한 것은 그 결과가 좋지 않더라도 책임을 져야 한다는 것이다. 연출이라는 직업의 특성상 더더욱 그렇다 상황에 따라 가수가 육성으로 노래를 하는 것이 더 이상하게 보일 수도 있는 상황일 수도 있지 않은가. 나는 그 곡을 두 번 듣고, 세 번 들으면서 다시 한번 공연의 장면을 상상해보았다. 그럼에도 불구하고 마지막 곡의 강한 여운을 줄 수 있을 것 같았다. 그리고 이런 연출은 큰 공연장에서는 시도할 수 없는, 소극장, 중극장에서 가장 빛날 수 있는 연출이었다. 일단 매니저에게 전화해서 상황을 설명했다(매니저라는 직업의 특성상 가수의 옆에서 항상 같이 있기 때문에 가수의 성향을 잘 파악하고 있다).

나: 팀장님, 제가 좋은 아이디어가 생각났는데 아무리 생각해도 그 곡을 조금 수정해야 할 것 같아요.
매니저: 어떤 곡이에요?
나: 마지막 앵코르 때 '나를 잊지 말아요' 하이라이트 부분. 마이크 안 대고 불러주셔야 할 것 같은데, 어떠세요?
매니저: 좋은 아이디어인 것 같아요.

그렇게 통화를 마치고 나는 공연장에 도착해 밴드마스터에게 상황을 설명하고 음악 편곡을 요청 했다. 내 진심이 느껴졌는지, 공연을 몇 시간 앞두고 한 부탁임에도 흔쾌히 음악을 수정해주었고, 조명감독님도 그에 따라 조명을 수정했다.

드디어 가수가 도착하고, 나는 그에게 자초지종을 설명했다. 모두가 더 좋은 공연을 위한 아이디어이기 때문에 흔쾌히 내 의견을 들어주었다. 그리고 리허설이 시작되었는데, 내 예상대로 수정한 부분은 이 공연의 하이라이트라고 할 수 있을 정도로 더 좋은 느낌이 들었다. 사실 모든 아이디어가 좋은 결과를 내는 것은 아니다. 하지만 이 곡에서의 아이디어만큼은 관객들에게 더 큰 울림을 줄 수 있을 거라고 확신했다.

공연은 내가 생각한 대로 성공적으로 진행되었고, 마지막 앙코르곡에서 가수가 마이크를 떼고 육성으로 노래했을 때, 그 목소리가 공연장에 울려 퍼졌고 모든 사람이 숨을 죽이고 공연에 빠져들었다. 관객들 뒤쪽에서 보고 있는데도 관객의 감정이 나에게 연결되고 있는 것 같았다. 그 장면은 관객들에게도 물론이지만, 내 기억 속에도 강렬하게 남아 있다. 준비했던 대로, 그리고 모두에게 민폐를 끼치지 않으려고 아이디어를 입 밖에 내지 않을 수도 있었지만, 끝까지 시도했던 것에 보람을 느낀다. 끝까지 노력해보는 것, 그리고 시도해보는 것. 그것이 내가 할 수 있는 최선의 결과물을 만들어 내는 것이라고 생각한다. 그리고 그 진심은 다른 사람이 느낄 수밖에 없다고 믿는다.

여기 한 관객의 관람 후기가 있다.

「다시 한번 허각 씨의 목소리에 감동했습니다.

마지막 곡의 그 울림이 잊히지 않네요. 건강관리 잘 하셔서

디너쇼 꼭 해주세요. ^^」 *(멜론티켓/ID: toeor95)*

콘솔에서 많은 생각을 하게 만드는 아티스트
_적재 콘서트 〈한 걸음 더〉

2019년 2월 설 연휴 즈음이었다. 매신저로 반가운 명절 인사가 왔다. '정재원'이라는 이름으로 온 메시지 한 통.

정재원: 감독님, 설 연휴 즐겁게 보내세요.

정재원은 적재라는 이름으로 활동하고 있는 아티스트다. 적재와 나와는 정은지의 단독 공연에서 밴드마스터와 연출가로 만난 사이였다. 이미 적재라는 아티스트는 그때 당시에도 알 만한 사람들은 다 아는 기타리스트이자 솔로 뮤지션이었다. 특히 '아티스트가 함께 작업하고 싶은 아티트스'로 유명했던 것으로 기억한다.

> **나:** 와우, 재원 씨. 항상 잘 보고 있어요.^^ 우리 밥 한 끼 해요. 복 많이 받으세요!!

이렇게 답장을 썼고, 그 대화는 조금 더 이어져갔다.

> **적재:** 저 일단 계획만인데, 4월에 싱글 하나 내고 작게 공연을 해볼까 하는데요. 언제 한 번 만나서 얘기 나누시면 어때요?
> **나:** 저는 너무 좋죠!

이렇게 이어진 대화는 적재의 단독 콘서트 회의로 이어진다. 그때 당시가 2월 초였으니까 만약에 공연을 한다 하면, 5~6월에 가능할 것으로 보인다고 이야기했고, 마침 공연장 대관이 6월 말에 가능한 곳을 찾아서 그렇게 진행하기로 했다. 그렇게 공연을 계획하고 있던 중 적재는 어느 한 방송프로그램에 섭외되는데, 그 프로그램이 바로 '비긴 어게인'이라는 프로그램이다. 내 기억으로는 그 방송의 촬영 일정이 굉장히 타이트해서 공연 3일 전에 귀국을 하고 공연을 바로 해야 하는 스케줄이었다. 내 느낌에 적재라는 아티스트는 이 프로그램을 만난 것이 이후의 행보에 커다란 영향을 끼치게 된 계기였다고 생각한다.

첫 번째는 대중적으로 많은 사람이 적재라는 아티스트의 매력을 발견하게 되었다. 기존에는 음악을 좋아하는 성향의 사람들은 알 정도의 뮤지션이었다면, 그 방송을 출연하고 나서는 그 프로그램의 많은 대중적인 시청자들에게 눈도장을 찍었다. '적재'라는 이름을 많은 사람에게 인지시키는 계기였다고 생각한다(실제로 그 방송이 나가고 난 이후 지금은 모르는 사람이 없는 유명한 뮤지션이 되었다).

두 번째는 보컬 실력이 확실히 달라진 계기가 되었다. 이전에도 물론 보컬 실력은 좋았다고 볼 수 있지만, 이 방송의 특성상(외국 길거리에서 버스킹을 해야 하는 상황) 때와 장소를 가리지 않고 노래를 해야 하는 상황이었고, 아무래도 밖에서 노래하다 보니 발성이 단단하게 바뀐 것 같았다. 개인적인 생각이지만 같이 방송을 했던 뮤지션들도 좋은 쪽으로 그의 보컬에 영향을 끼치지 않았나 싶다.

적재는 그렇게 유럽에서의 기나긴 방송 촬영을 마치고 바로 공연에 합류해서 공연을 진행했다. 그 공연의 이름은 적재가 직접 지었는데, 〈한 걸음 더〉라는 이름의 공연이었다. 본인도 이 공연을 통해 한 걸음 더 나아가는 뮤지션이 되고, 대중들에게도 한 걸음 더 다가가고 싶어서 지은 이름이었다. 지금 돌아보면 그 공연의 의미가 그 시기와 딱 맞아 떨어졌다. 공연이 시작되면 대부분 연출 감독이 하는 일은 인터컴을 끼고 스태프들에게 큐를 주는 것이다. 스태프들이 정확히 그 부분에서 연출했던 씬들을 하나하나 정확한 타이밍에 만들어 갈 수 있게 최종적으로 신호를 주는 일이라고 할 수 있다. 나는 개인적으로 큐시트와 가사지(노래 가사 마디마다 공연의 디테일이 적혀 있는, 대부분 어떤 씬의 시작점과 끝점을 표기하며, 메인 연주자도 표기한다)를 펼쳐 놓고 다음 큐를 생각하고 때가 되면 인터컴에 큐를 준다.

사실 그 공연은 소극장 공연이라 크게 큐를 주는 일이 바쁘지 않았다. 그렇지만 콘서트라는 것은 라이브이기 때문에 공연 시간만큼은 긴장하기 마련이다. 하지만 적재의 공연은 내가 그동안 연출했던 공연들과는 매우 달랐다. 혼자서 기타 연주를 할 때는 공연장의 공기가 멈춘 것 같았고, 밴드들이 각

자의 악기를 연주할 때는 그 악기에 집중할 수 있었다. 무엇보다 그 악기들이 합주할 때는 그 연주만으로도 완벽했다. 화려한 조명이나 특수효과가 없이도 음악 그 자체만으로도 완벽했다.

그 공연은 공연 중간에도 콘솔에 앉아 있는 나에게 많은 생각을 하게 해주었다. 이 공연은 공연이 진행되는 동안에 지금까지 내가 연출했던 공연들을 되돌아볼 수 있는 계기를 마련해 주었다. 그동안에 내가 연출했던 공연들의 대부분은 '어떻게 하면 조금 더 화려하게 보일 수 있을까?' '어떻게 하면 관객들의 눈을 즐겁게 할 수 있을까?'에 초점이 맞춰진 것 같다는 생각이 들었다. 이미 공연을 하는 아티스트는 음악으로 완벽한 아티스트일 수 있는데 거기에 자꾸 뭘 더하려고 했던 것 같았다. 이 공연을 콘솔에 앉아서 보면서 내가 좋은 연출가가 되려면 '공연의 화려한 씬을 먼저 생각할 게 아니라 음악을 먼저 빛낼 수 있어야 하겠구나.'라는 생각을 하게 했다.

그 공연을 끝내고 나서 내 개인 SNS에 이런 글을 업로드했다.

「아티스트의 아티스트 적재. 콘솔에 앉아서 많이 배우고 느꼈다. 요즘은 공연 중에 느끼는 것이 참 많네. 이제야 콘솔에서 생각도 할 수 있는 약간의 여유가 생긴 걸까? 오래도록 기억에 남는 공연이 될 듯.」

6월에 적재의 콘서트를 마치고 나서 나도 그 공연의 이름처럼 '한 걸음 더' 연출적으로 한 층 성숙해졌다고 할 수 있다. 이전에는 '무대'만을 생각하는 연출가였다면, 그 이후 '무대의 음악'을 먼저 생각하려고 노력하는 연출가가 되었다. 운이 좋게도 그해 적재의 연말 공연도 함께 하게 되었는데, 그 공연 또한 나에게 같은 감정을 가져다주었다. 여러모로 나에게 생각할 시간을 주는 공연을 만났다는 것, 그리고 그런 아티스트의 공연을 연출할 기회가 왔다는 것에 감사하다.

2019년 적재 연말 투어를 마치고 다시 업로드한 나의 SNS 글로 이 글을 마무리한다.

「2019년 12월 2일.
'저번 공연 때 콘솔에서 생각할 여유가 생겼나 보다.'
라고 생각했지만, 여유가 생긴 것이 아니라 적재 공연

은 저절로 많은 생각이 드는 공연이다. 내 분수에도 안 맞는 훌륭한 아티스트들의 공연을 함께한다는 것이 감사할 따름이다.」

한 번도 만나본 적 없는 녀석
_ feat. COVID 19

2020년 1월. 에이핑크의 여섯 번째 콘서트 〈Welcome to Pink World〉를 준비하고 있을 때였다. 갑자기 뉴스에서 이런 소식이 들려왔다.

국내에서도 신종 코로나바이러스 감염증 확진자가 나왔다. 질병관리본부는 (2020년) 1월 19일 중국 우한시에서 입국한 중국 국적의 35세 여성(중국 우한시 거주)에 대해 신종 코로나바이러스 감염증 검사를 시행한 결과, 20일 오전 확진자로 확정됐다고 밝혔다.

「인천공항검역소는 19일 중국 우한시 입국자 검역 과정
에서 발열 등 증상이 있던 A씨를 '조사대상 유증상자'
로 분류하고, 국가지정입원치료병상(인천의료원)으로 이
송했으며, 질병관리본부가 감염증 검사를 실시했다. …
(후략)…」◆

맨 처음에는 코로나 바이러스라는 것을 심각하게 인지하지
못했다. 그냥 그때에는 단지 '전염성이 강한 질병이 해외에서
또 발생했나 보네.'라고 생각했는데, 이 코로나 바이러스가
국내에 들어와 국가를, 아니 전 세계를 흔들어놓았다. 다른
설명이 필요 없이, 코로나 바이러스는 단숨에 우리의 삶을 멈
춰놓았고, 생활의 패러다임을 바꿔놓았다.

생활 속의 변화는 생각한 것보다 빠르고 컸다. 전염성이 강
한 바이러스이므로 사람과 사람이 만나는 것이 위험해졌다.
거리에는 돌아다니는 사람들이 급격히 줄었고 커피숍이나 사
람들이 모이는 상점들은 국가에서 대면 영업을 하지 못하게
했다. 직장, 학교, 어린이집 등등 가장 중요한 역할을 하는
장소들도 문을 닫은 채 사람들을 들이지 못하고 있었다. 곳곳

◆ 출처: 의협신문(http://www.doctorsnews.co.kr)

에서 확진자가 속출해 건물이 폐쇄되었으며, 뉴스에서는 항상 코로나에 대한 이야기로 가득했다.

그러더니 예정되어 있던 공연들이 하나둘씩 취소되기 시작했다. 학교와 직장도 못가는 마당에 수백, 수천 명이 한 장소로 모이는 콘서트는 당연히 취소될 수밖에 없었다. 우리나라의 문제뿐 아니라 전 세계적인 문제였기 때문에 예정되어 있던 해외 공연 또한 무기한 연기 또는 취소되었다. 코로나 초기만 해도 업계 선배들은 "신종플루 때도 그랬고, 메르스 때도 한두 달 정도 아무것도 못했어. 이번에도 두 달 정도 갈 것 같으니까, 휴가라고 생각하고 좀 쉬어."라고 말했다. 나도 코로나의 초기 때는 '연말에 바빴으니 재충전의 시간을 가져야겠다. 이럴 때 아니면 언제 쉬어보겠어.'라고 생각했다.

이제 와서 이야기이지만, 나는 2020년에 내 전성기를 맞이할 수 있는 시기라고 생각했다. 1월에 벌써 8월 말까지의 스케줄이 달력에 꽉 차 있었기 때문이다. 그러나 이 코로나바이러스 때문에 내 달력의 국내 공연 스케줄은 물론 해외 투어 일정까지 모두 사라졌다. 2월이 지나고, 3월이 지나고, 어느덧 여름을 맞이하자, 그때부터는 점점 불안해지기 시작했다.

'이 상황이 안 끝나면 어쩌지?' '이렇게 계속 이 상황이 이어지면 회사가 망할 수도 있겠는데?'라는 생각을 하면서 불안감이 더해져 갔다. 공연업계에 10년 정도 있었지만 나도 그렇고, 나의 선배들도 이런 경험을 한 번도 해본 적이 없어 누구 하나 대안을 찾을 길이 없고, 신세 한탄만 하기 시작하는 시기였다. 당시에는 공연업계에 일이 없어져 많은 분이 다른 직업을 택했고, 직업을 바꾸기도 하던 시기였다.

그런데 이렇게 대안이 없고 절망적인 상황에서 아주 작은 대안들이 제시되기 시작했다. 바로 '비대면 콘서트'라는 콘텐츠인데, 이 비대면 콘서트는 웹이나 모바일로 콘서트를 라이브 콘서트를 플랫폼에서 시청할 수 있는 콘텐츠다. 코로나 상황에서의 인간이 할 수 있는 최적의 대안이었다. 인간이 위대한 것인지, 상황이 인간을 위대하게 만드는지, 모든 공연이 비대면 콘서트로 전환이 된 이후에는 어느 정도 적응을 해나가기 시작했다. 오히려 지금은 대면 콘서트가 더 어색할 지경이니 말이다.

나도 온라인 콘서트를 시작으로 콘서트 연출을 다시 시작할 수 있었다. 솔직하게 말하면 온라인 콘서트는 대면 콘서트와 비교했을 때 장점보다는 단점이 많다. 라이브 콘서트라는 것은 '같은 시간, 같은 장소'에 있는 것이 본질이기 때문이다. 아티스트와 관객이 에너지를 주고받으며, 눈빛으로 이야기하고, 음악으로 소통하는 것. 내 바로 눈앞에서 내가 좋아하는 가수가 노래할 때 직접 눈으로 보고 그 현장 사운드를 몸으로 느낄 수 있는 것이 진정한 라이브 콘서트이기 때문이다.

개인적으로 온라인 콘서트의 장점도 있다. 내가 보여주고 싶은 부분들을 카메라에 예쁘게 담으면 라이브 콘서트보다 자세하게 의도한 대로 보여줄 수 있다는 것이다. 필요한 부분들을 사전에 녹화해서 생각하는 화면에 멋지게 나오게 편집할 수 있고, 흐름을 더 매끄럽게 이어갈 수 있다. 그리고 카메라 워크를 활용한 연출을 해볼 수 있다는 것이 장점이다. 나로서는 앞으로 온라인 라이브 콘텐츠를 미리 경험해볼 좋은 기회가 왔다고 생각한다. 지금도 이미 라이브 콘텐츠들을 OTT 플랫폼이나 유튜브에서 소비하는 소비자들이 많아졌기 때문이다. 그런 면에서 코로나바이러스는 내가 겪을 미래들을 간접 체험해볼 수 있고 내 역량을 더 키울 수 있는 계기라고 생각한다.

'전화위복', 화가 바뀌어 오히려 복(福)이 된다는 뜻으로, 어떤 불행한 일이라도 끊임없는 노력과 강인한 의지로 힘쓰면 불행을 행복으로 바꾸어 놓을 수 있다는 말이다. 내 콘서트 연출가의 길에 가장 적합한 사자성어가 바로 '전화위복'이 아닌가 싶다. 갑작스러운 퇴사와 우울증, 그리고 지금의 코로나 상황까지 겪으니 이제 겪어볼 수 있는 위기는 거의 겪었다고 생각이 든다. 언제나 그랬다. 힘든 시간이 지나면 조금 더 발전한 내 모습을 발견했다. 이번 코로나 상황이 나아지면 '위드 코로나'로 전환이 된다고 한다. 그때는 목말랐던 라이브 콘서트를 관객과 함께 더 즐겁게 즐길 수 있도록 지금 더 노력해 봐야겠다고 다짐한다.

꼭 반드시 관객과 만날 수 있는 날이 올 수 있기를, 그리고 몇 년 뒤 이 글을 다시 읽었을 때 후회 없이 이 글을 읽을 수 있기를 기도한다.

연출가는 액체 같은 사람

내가 콘서트 연출에 대한 강의에 나갈 때면, 내가 콘서트 연출을 하면서 느꼈던 연출가라는 직업에 대해 몇 가지 문장으로 학생들에게 쉽게 설명하고는 한다.

첫 번째로 소개하는 문장은 "콘서트 연출가는 액체와 같다."라는 문장이다. 내가 콘서트 연출을 몇 년 하고 느낀 점은 이 직업이 굉장히 액체의 성질과 닮았다는 점이다. 액체는 기체와 비슷하게 유동적이며 고체와 달리 어떤 모양의 그릇에나 담을 수 있고, 그릇의 모양에 따라 모양을 가진다. ◆

◆ 출처 : 네이버 지식백과(대한화학회 제공: http://new.kcsnet.or.kr)

그렇다. 연출가는 어떤 아티스트, 어떤 스태프를 만나느냐에 따라 모양이나 상황, 나아가서는 결과물까지 바뀐다. 동그란 모양의 아티스트를 만나면 내가 그 안에 들어가 그 모양의 사람이 되어야 하고, 네모 모양의 스태프를 만나면 나는 네모 모양에 맞는 사람이 되어야 한다. 고체 같은 성질의 연출은 그 모양과 어울리지 못하고 누가 봐도 그릇에 잘못 담긴 이상한 모양으로 사람들의 눈에 비치곤 한다. 사실, 예쁜 그릇을 잘 만나야 예쁜 모양으로 담길 수 있다는 것을 전제 조건으로 한다.

또 이렇게 상상해보자. 내가 '아메리카노 샷'이라는 액체라고 가정했을 때, 내가 물의 성질을 가진 아티스트를 만난다면 그 결과는 아메리카노와 같은 공연이 만들어질 것이고, 우유 같은 성질의 아티스트를 만난다면 라떼와 같은 공연이 만들어질 것이다. 거기에 얼음 같은 스태프를 만나게 되면 그 성질이 더해져 아이스 음료가 될 것이다. 바닐라 시럽 같은 스태프를 섭외해 달달한 바닐라 음료 같은 공연을 만들어 낼 수도 있다. 반대로 내가 '기름'이라는 액체라고 가정했을 때, 물과 같은 성질의 아티스트를 만나면 끝까지 섞이지 못하고 대립하게 되고 끝내는 버려지게 된다. 하지만 내가 기름의 역할로 꼭 필요한 상황에 투입이 된다고 하면 윤활유로서 내가 빛나게 되는 예도 있다.

　연출을 하면서 한 가지 유의해야 할 것은 아티스트의 고유한 맛과 향을 지켜주어야 한다는 것이다. 관객들은 아티스트의 공연을 보고 음악을 듣고, 목소리를 들으러 공연장에 찾은 것이지, 내 연출 실력을 보려고 공연장에 찾은 것이 아니라는 것을 명심해야 한다. 내가 색이 강한 연출이라고 하더라도, 그 아티스트에 맞는 적절한 연출이 뒤따라야 진정한 연출이라고 할 수 있겠다.

　위에서 여러 가지 비유를 들었다. 상황에 비추어봤을 때 나는 연출가는 액체와 같은 성질을 가지고 있다고 생각한다. 물론 본인이 가진 고유한 맛을 버리게 되면 안 되지만, 함께 일하는 아티스트와 스태프에 따라 본인의 모양을 유연하게 변화시켜 최선의 결과물을 내는 사람.
　콘서트에는 그런 연출가가 꼭 필요하다.

연출을 가장 잘 할 수 있는 방법
_ POWER OF STAFF

내가 생각했을 때 연출을 가장 잘 할 수 있는 방법은 좋은 스태프를 옆에 두는 것이다. 내 옆에 얼마나 좋은 스태프를 두고 있느냐는 그 연출의 경쟁력으로도 평가받는다. 좋은 스태프의 기준은 그 공연을 연출하는 연출가가 정하는 것이겠지만, 본인의 연출 스타일을 가장 잘 이해하고 의도한 연출을 빛내 줄 수 있는 실력 있는 스태프가 그 연출에게는 가장 좋은 스태프일 것이다. 이것이 비단 콘서트에만 적용되는 것만은 아닌 것 같다. 다른 분야에서도 영화 또한 좋은 촬영감독을 만났을 때 결과물이 좋게 나오고, 뮤지컬 또한 좋은 음악감독을 만났을 때 결과물이 좋게 나올 것이다.

내가 학생들에게 하는 말이 있다. "조명을 내가 한 씬, 한 씬 연출하지 못한다. 조명감독이 왜 있나. 조명은 조명감독의 역할이 90% 이상이다. 영상도 마찬가지나. 스태프들이 잘해서 좋은 공연이 나오는 것이다."라고 이야기한다. 실제로 스태프가 잘 해서 좋은 결과물이 나오면 그 영광은 연출 감독에게 향한다. 어떤 조명감독이 조명의 씬을 잘 살려서 결과물이 잘 나왔어도 "이번 공연 연출이 좋았어."라고 연출 감독이 칭찬을 받고, 어떤 영상팀이 제작한 영상이 관객들에게 인상 깊었을 때도 "이번 공연 연출 너무 좋아요."로 마무리되는 경우가 대부분이다.

반대로 어떤 스태프가 실수를 했을 때, 그리고 중요한 것들을 놓치거나 심지어 음향사고가 났을 때도 관객들은 "이번 연출 별로다." "연출 왜 그러냐."는 질타를 하게 된다. 이것은 연출가의 숙명이라고 생각한다.

축구선수나 축구감독의 인터뷰를 보면, 단골로 등장하는 멘트가 있다. "축구는 열한 명이 하는 것."이라는 멘트다. 어떤 팀에 한두 명의 스타플레이어가 있더라도 팀의 조직력으로 단합하는 팀에게는 이길 수 없다는 뜻이다.

이 말을 공연에 빗대어 보자. 가수가 실력이 너무 좋거나 연출가가 실력이 매우 뛰어나도 주변에서 그 사람의 실력을 서포트해주지 못하는 상황이면 그 사람이 빛나질 못한다. 바로 그 서포트의 역할을 스태프들이 해주는 것이다.

공연을 하면 할수록 나는 운이 좋은 사람이라고 생각한다. 내 주변에 좋은 스태프들 덕분에 지금 이렇게 콘서트 연출을 할 수 있다고 생각한다. 물론 나도 우리 스태프들도 완벽하지 않고 노력해야 하지만, 진심으로 공연을 대하는 사람들인 것은 분명하다.

연출을 잘하는 방법 중 최고는, 잘하는 스태프와 함께 작업하는 것이라고 나의 견해를 다시 한번 밝힌다.

너는 가수다

'너는 가수다.'

아티스트를 만날 때면 속으로 이런 주문 아닌 주문을 외우면서 아티스트를 만난다. 이 주문(?)의 뜻은 아티스트가 어떤 말을 해도 내가 그 처지가 되어 다시 생각해보겠다는 것이다. 속뜻은 '그래요, 당신은 무대에 서는 아티스트이기 때문에 나에게 어떤 말이라도 할 수 있고, 나는 그것을 이해할 수 있도록 노력해볼게요.'라는 뜻이다.

아티스트는 본인의 곡이나 음악에 대해 그 누구보다도 잘 알고 있는 사람이다. 어떤 부분에서 팬들이 좋아하고, 어떤 부분을 더 보고 싶어 하는지 무대에서 피부로 느껴본 사람이다. 그렇기 때문에 다른 사람들은 생각할 수 없는 의견을 낼 가능성이 크다. 반대로 아티스트는 그 음악에 대해 가장 많은 선입견을 지니고 있을 수 있다. 아무래도 녹음할 때부터, 싱어송라이터의 경우 작곡할 때부터 가졌던 생각이 깊이 박혀서 더 이상 새로운 아이디어가 나오지 않을 수도 있다.

그렇기 때문에 아티스트에게는 객관적인 시선을 가진 사람이 필요하다. 이럴 때 객관적인 사실과 아티스트와는 다른 시각을 가지고, 그리고 관객을 대변해 아티스트와 의견을 나누는 역할을 하는 사람이 바로 연출가이다. 연출가는 아티스트가 생각하지 못한 부분이나 주관적인 생각이 굳어질 때 객관적이고, 무대적인 요소로 아티스트와 의견을 나누는 것이 바람직하다.

우리나라에서 본인의 이름을 걸고 콘서트를 할 수 있는 아티스트는 생각보다 많지 않다. 우리가 이름을 알고 있는 가수들도 쉽게 큰 규모의 콘서트를 개최하기 쉽지 않다. 꾸준하게 방송에 출연하거나, 꾸준히 음원을 발매하거나, 강한 팬덤을 가지고 있는 가수가 아닌 경우를 제외하면 여러 가지 이유로 인해 현실적으로 콘서트를 하기 쉽지 않다. 이렇게 본인의 이름을 걸고 콘서트를 할 수 있는 가수들은 대부분 얼굴이 알려진 유명인이다. 대부분 길거리나 식당에 가면 얼굴을 알아보고 함께 사진을 찍자고 요구를 하는 경우가 보통이다.

이런 이유들로 보통 아티스트의 의견은 일반적이지 않을 때가 많다. 어딜 가더라도 알아보고 평소 일상생활을 할 때도 대중들의 시선을 의식해야 하는 직업이니 당연히 의견이 일반적이지 않을 수 있다. 그 외 여러 가지 이유로 아티스트와의 회의는 항상 쉽지 않다. 그럼에도 불구하고 아티스트와의 소통은 콘서트에 있어서 가장 중요한 부분이다. 지금도 아티스트와의 미팅이 잡힐 때면 회의실 문을 열기 전에 속으로 이 주문을 외운다.

'너는 가수다.'
'그래요, 당신은 무대에 서는 아티스트이기 때문에 나에게 어떤 말이라도 할 수 있고, 나는 그것을 이해하도록 노력해볼게요.'

에필로그
_나에게 기적 같은 하루가 '다시' 시작되었다

현재 시간 2022년 8월 28일 오후 1시

동네 커피숍에 앉아서 미팅을 끝내고, 미루고 미뤄두었던 에필로그를 작성하고 있다. 드디어 이 글의 마지막 페이지를 적는다는 것에 감회가 새롭다. 우연의 일치인지는 모르겠지만, 이 커피숍에서는 내가 연출한 아티스트들의 음악들이 연속해서 흘러나오고 있다.

방 안 의자에 앉아 이 글을 처음 시작할 때가 코로나바이러스가 세상에 나왔던 2020년이었는데, 그때는 밀접 접촉자라는 사실만으로 14일간 자가격리를 해야 할 때였다. 밀접접촉

자로 분류되어 자가격리 통보를 받고 시작할 때, '2주라는 시간 동안 뭐 하나라도 결과물을 남기자.'라는 마음으로 시작했던 글이었는데, 벌써 2년이라는 시간이 흘렀다. 아직도 사람들은 얼굴을 마스크로 가린 채 지내고 있지만, 그때와는 많이도 변했다.

그동안 모두가 "힘들다, 힘들다." 했지만, 개인적으로는 뜻깊은 시간을 보냈다. 2020년부터 시작된 온라인 콘서트를 진행하면서 온라인 플랫폼이나, 온라인 콘텐츠에 대한 개념, 카메라에 대한 자신감 등 잃은 것보다는 얻은 것이 더 많은 시간이었다. 누군가의 삶에 도움이 되는 새로운 공연 콘텐츠를 만들어보자는 일념으로 '오은영 전국투어 토크 콘서트'의 기획자가 되어 대규모의 공연을 기획부터 연출까지 경험하기도 했다. 누군가는 잃어버린 2년이라고 말하지만, 나에게는 선물 같은 시간들이었다.

얼마 전부터는 그동안 기획되었지만 무대에 오르지 못했던 공연들이 하나둘씩 티켓 사이트에 오픈되고 새로운 콘텐츠들이 물밀듯이 밀려오고 있다. 내 스케줄표에도 그동안 지워졌었던 해외 투어 공연들이 자리 잡기 시작했다. 하늘길이 열리고 3년 전처럼 아무렇지도 않게 해외에서 공연을 하고 돌아오기도 했다. 지금은 이런 광경이 일상이 되었지만, 나에게는 기적 같은 일이라고 생각한다. 공연이 무대에 오르지 못했던 시간들을 알고 있기 때문이다. 기적은 이뿐만이 아니다. 내가 해외 공연을 다닐 때 겪었던 비행기 공포증이 기적처럼 한 번에 사라졌다. 3년 전에는 상상도 못했던 일들이 나에게도 일어나고 있다. 비행기에서 잠을 잔다는 것은 생각지도 못했던 일이었는데, 지금은 태국에 가는 비행기 약 5시간의 여정에서도 잠이 들곤 한다. 이유는 나도 모르겠지만, 이제 이 정도의 공포감은 나에게 불안한 요소가 되지 않는 것 같다.

지금 내 삶이라는 여정을 비행하고 있는 이 시점에 불안과 공포가 아예 느껴지지 않는 것은 아니다. 하지만 공포의 시간들이 지나고 다시 일상을 회복하고 있는 지금의 일상들이 평범한 일상이 아니라 축복의 하루하루라는 것을 느끼고 있다. 어둠이 지나면 빛이 있다는 것을 직접 느낀 시간들이었다. 좋은 사람들과 어려움을 함께한 선물 같은 시간이었다.

우리가 2년 동안 갑작스레 일상을 멈추었듯이 나도 지금 담당하던 일들을 다양한 이유로 갑작스레 하지 못하게 될 때도 있을 것이다. 잠시 불안해지겠지만, 언젠가 그 시간이 지나가면 선물 같은 시간이었음을 깨달을 것이다. 그리고 내가 하는 일들을 당장 다시 할 수 없게 되더라도, 좋은 사람들과 함께 다양한 방향성을 바라보고 가야겠다고 생각한다.

비행기 공포증이라는 불안감이 한 번에 눈 녹듯 사라진 경험처럼, 내 삶의 여정에 있는 이 시점 지금 느끼고 있는 불안이 언젠가는 편안함으로 바뀌길 기도하면서 이 글을 마친다.

제공: 인터파크엔터테인먼트

저는 무대 뒤에 있습니다

2022년 10월 1일 초판 1쇄 펴냄

펴낸곳 (주)꿈소담이 / 뜰Book
펴낸이 이준하
글 명승원
책임미술 오민규
표지 디자인 스튜디오 샘

주소 (우)02880 서울특별시 성북구 성북로5길 12 소담빌딩 302호
전화 02-747-8970
팩스 02-747-3238
등록번호 제6-473호(2002. 9. 3.)
홈페이지 www.dreamsodam.co.kr
북카페 cafe.naver.com/sodambooks
전자우편 isodam@dreamsodam.co.kr

ISBN 979-11-91134-22-3 03810